新潮文庫

あなたはここで、息ができるの？

竹宮ゆゆこ著

あなたはここで、
息ができるの？

Breathless

Time Traveler

I

いくよ、5秒前。

4。

3。

(聴こえてる？　そこにいるよね？　大丈夫。目を開いて……)

2。

——深呼吸。

＊＊＊

なんでこんなことに、ってみんな思ってるよね。私も思ってる。
ほんとそう。なんでこんなことになってしまったのか。とにかくここから話を始めないといけない。

　ここっていうのは、まあ見て。「この」真っ暗な夜のこと。「この」蒸し暑い、草いきれの真っ只中のこと。「この」私の、酷すぎる、最悪の、絶望的なありさまのこと。

　まるでケモノ偏（注目！　独の左側。狂の左側。猿の左側。狄、獄、猛、狒、猪……うそ！　どれも全然私っぽくない！）（ギリでアリ、狆）みたいなポーズで投げ出されて、あちこち破れて中身が漏れてる肉の袋が、私だっていうこと。

私は一人きりでこうやって、誰にも気づかれないまま、死んでいこうとしている。

　夢から覚めたらこうなってた。

　だから泣いてる。

　というわけで、ここからいくよ。

　まず私。目を開けたまま、顔は横向き。頭の後ろ半分が抉れて無くなり、開いた大穴から崩れた脳みそがこぼれてる。全身どこも裂けて弾けて、血とか体液その他もろもろ、自分の身体から流れ出た中身の溜池に浸かってる。マリネ？　違うか。塩辛？それかも。そんな感じ。

　視界は揺れてる。夜の草むらがずっと遠くまでゆらゆらしてる。

　私からすこし離れたところには、倒れたバイクが一台。くすんだシルバーのＣＢ４００。エンジンは止まっていて、一足先に死んでしまったみたいに静か。さらに離れたところに転がっているピンクの物体は、元ヘルメットだったりする。割れてるし潰れてる。死んでる。中に納まっていた私の頭蓋骨を守り切れなかった件について、思うところはあっただろうか。

視界のゆらゆらは、止まらない涙のせいだけじゃない。脳みそが顔の方にも垂れてきてる。開いた目の中に流れ落ちてくる。きっとそのうち脳みそは尽きて、頭の中がからっぽになる。「この私」が「この私」でいられるのも、こうして考え、感じていられるのも、脳みそのストックが尽きるまでなんだと思う。

ここに光はない。なにも光っていない。ぜんぶ、闇の底に沈んでる。黙って動きを止めている。

私もそう。固い結び目に絡まって、沈黙してる。

ていうか私、みんなに結び目の話ってしたっけ？　まだしてないよね？　してないはず。そうだよね。そうだった。あ、どうしよう。えーと、結び目というのは要するにこれ。簡単には解きほぐせない、固く絡まった大きな塊のこと。これっていうか、そう、えーとね、あー、……あ。ごめんなさい。落ち着け、ってよく言われる。

ごめん。とりあえず、もう一回。

せっかく死にかけの私に注目してもらったけど、ちょっと話を巻き戻させて。そこに触れないままでは、ここから先の展開にもきっと差し障るから。

改めてここから始めるね。結び目の話。

解けない結び目の固さは、私のこの状況を表現する比喩なのだ……みたいなことを、言いたかった。絡まるごちゃごちゃは理解不能。まさに嵌ってしまったシチュエーションそのものなのだ、って。

私はたったの二十歳で、ＳＮＳ中毒で、アリアナ・グランデになりたくて、たっぷりのロングヘアと誓って天然の胸がチャームポイントで、目尻をきつく跳ね上げたキャットラインが綺麗に描けるお気に入りのアイライナーがないとうまく自撮りができなくて『やだうそなにこれ誰なの信じられないこんなのほんとの私じゃない私じゃないよね私もっとかわいいはずだし、やだ！　息が、うまく、できない！』やがて過呼吸になるような——要するに普通の、ありがちな、でもかわいさでいえば結構上位だって自分では信じちゃってる、どこにでもいる女の子だった。女の子って聞いて、みんなが最初に頭に思い浮かべたような。足を細くするためならなんだってする、みたいな。

だけど今はこう。刻々と頭の中身が減っていってる。自分の脳みそで砂時計してる。自分がどんな人間だったかも、毎秒毎秒忘れていってる。たとえばほら、毎日聴いてたプレイリスト。こんなことになってしまって、今では入れてた曲のタイトルを一つも思い出せない。さよなら私のプレイリスト。

でも幸い、自分の名前ぐらいはまだわかる。

私はララ。

そしてもう一つわかるのは、私、ララは、絶対に助からないということ。

脳みそはこうだし、おなかからもズルズルした中身がドロドロと流れ出してる。それになによりほら、人間は、大きな変化に飲み込まれている時には小さな変化を見逃しがちな生き物だから。

そうでしょ？　想像してみて。

あなたは道を歩いてる。すると突然背後から突き飛ばされて、持ってたバッグをひったくられる。追いかけようにもまだ立ち上がれない。犯人は逃げて行ってしまう。スマホが、財布が、家の鍵が、免許証が、保険証が……って時、完璧に描いた眉尻を擦ってかすれさせちゃったことに気が付ける？

もしくは、あなたは映画館にいる。暗くなって、予告が始まっている。それなのに「すいません、通して下さい」ってグイグイ座席の間に入ってくる奴がいて、なんだよって膝を横にずらしてやるけど、見たらそいつはケンタウロス。でかいし！　獣臭いし！　なんか弓矢持ってるし！　って時、隣の席の人の肘(ひじ)がじりじり領域侵犯してきてることに気が付ける？　しかもそのケンタウロスの背中にノーモア映画泥棒が乗ってるとしたら。

これはどうかな。どう？　床に一つ落としたポップコーンの立てる音に気が付ける？

これはどうかな。あなたはいつも通りの毎日を生きてる。でもある日、未来を予知する宇宙人が現れて、この世界はもうすぐ終わるって教えてくれる。でもその宇宙人は空からのビームに撃たれて消えてしまう。もうアドバイスは受けられない。やばすぎる。大パニック。きっとテレ東すらアニメを休んで臨時特番。それほどの危機に直面しているって時、一人のかわいい二十歳の女の子が事故って死にかけてることに気が付ける？　気が付いてくれる人が、そして私を見つけてくれる人が、いると思う？

いないよね。そういうことなのだ。助けは来ない。

大きな変化の最中に小さな変化が起きたとしても、ヒトという生き物は、残念ながら、それに気が付くことができない。

そしてもっと残念なのは、ひったくりや、ケンタウロスや、ノーモア映画泥棒は私の作り話だけど、宇宙人と世界の終わりは現実だということ。ビームも。この事故も現実。私が死にかけてるのも現実。

この現実の塊を、私はさっきから結び目と呼んでいる。

見てよ、あの倒れたバイクを。こんな事故。それに脳みそ。プレイリストとの別れ。ズルズル&ドロドロ。宇宙人。未来予知。世界の終わり。突き刺さる矢のようなビーム。そしてこんな絶望。こんな孤独。

普通なら、たった一つでも受け止めるのは難しい。なのに今の私には、その全部がこんがらがった現実の塊を真正面からぶつけられて、「いっぺんに」降りかかってきてる。こうして泣きながら死ぬことしかできない。私はあっさり打ち負かされ、こうして泣きながら死ぬことしかできない。

なにもかも最悪だけど、その中でも特に最悪なのは――もうわかるよね。「いっぺんに」ってところ。この部分さえなければ、って思わずにはいられない。

一生のうちに起きるすべての出来事は、生まれる前から運命によって決められているのだと言う人がいる。もしそれが真実で、どの出来事も私には回避することが不可能だったのだとしても、せめて一つずつ起きるならまだマシだった。そうしたらもっと落ち着いて、考えて、整理して、理解して、こんな自分の運命を受け入れることもできたかもしれない。

でも現実はこう。

私の糸はぐちゃぐちゃ。

私は人生を、一本の線、ていうか糸みたいなものだと思ってる。きっと誰の糸にも、生きていればそのうちに、いくつかの結び目ぐらいはできてしまうものだろう。初めから終わりまでスムーズに指先で扱(しご)けるような人生は、結構レアなはず。それぐらいのことはわかってる。

でも、私の糸は、あまりにもひどい。

短すぎるだけじゃなく、混乱しすぎ。いっぺんにいろんなことが起きすぎ。結び目が大きすぎ。こんなの解(ほど)けない。

こんがらがってできてしまった大きな結び目の中には、いくつもの小さな結び目があったはずなのだ。忘れられない経験や思い出が、いいのも悪いのもあったはず。でも、もうわからない。永遠に解けない。結び目の巨大さと複雑さに圧倒されて、打ちのめされて、私はもはや自分の糸の両端すら――始めと終わりすら見失ってしまった。どっちから来てどっちに向かっていたのかも今はわからない。自分の糸なのに、自分ではもう解くことができない。

そう、ただシンプルに、事故が起きただけならよかった。それなら帰らない私を誰かが探してくれたはず。そして見つけて、救急車を呼んで、病院に運んでくれたはず。怪我(けが)が酷くて助からないとしても、少なくとも、こんなふうに草むらに放り出されて、こんなふうに目覚めて、一人ぼっちで泣きながら死んでいくなんて事態は避けられたはず。

もしくは事故なんか起きなくて、みんなと世界が終わるのを待っていられたなら……いや、それも怖いか。なんならむしろ、世界の終わりを見ずにすんだことを喜ぶべきなのかも。少なくとも、私にとっては世界の終わりは来ない。終わるより前に、一人で死ぬから。

どっちがマシだったかなんて、結局のところはわからない。選ぶことができていたら、私はどっちを選んだだろう。

とにかく、現実は「これ」。大きな変化（世界が終わる）と、小さな変化（私が死ぬ）。私はこうやって、一人ぼっちで死ぬ。

――って、このときの私は、そう思ってるんだけど。

いきなりだけど、今から私、ちょっと先の展開をネタバレするね。これから起こることをまだ知りたくなければ「※」こういうマークが出てくるところまで飛ばして。

じゃあいくよ。

今から十三分と二十四秒後、私は一人ぼっちではなくなる。

その出会いは、今よりもっと事態を混乱させる。

胸まで届く草の波をかき分けて、それは一歩ずつ近づいてきている。あと少しすれば、その足音が聞こえてくる。機械的な呼吸の音も。そして結び目は今よりももっと固く、もっと大きく、もっと手に負えない感じになっていく。

というわけで、そこに至るまであともう少し、このまま音のない血塗れ事故現場の光景が続くわけなんだけど……はい、※。

それまでちょっとみんなに見ていてもらいたいシーンがあったりする。それは、大きな変化と小さな変化の話にも関係している。でも基本的にはつまらないこと。ていうか、しょうもないこと。あまり意味はない。

そう。ただの、失われていく、私の日常の断片。

こうしている間にも脳みそは顔を伝って流れ落ちてしまうし、私自身が消えていく。そうやって失われてしまうあれこれを、私の代わりに覚えていてなんて言わない。ただ、事態が変わるまでのほんの十数分でいいから、その目を向けていてほしいだけ。私が生きてきた時間を、みんなに感じてほしいだけ。

私にも、こういう時間があったんだってことを、知っていてほしい。

いい？ ほら、見て……あの濃い栗色の、つやっとした丸い塊。あれは結び目とか、そういう意味深いものじゃない。ただの私のお団子にした髪。解けば肩甲骨の下まで届く。もっと伸ばしたいって思ってた。実際あれから七年かけて、今の完璧な髪形を手に入れた。

あれは、十三歳の私。

私は中学生で、リビングのソファに胡坐(あぐら)をかいている。英単語のプリントにラインマーカーでチェックを入れて、いやいやながら勉強してる。もうすぐ期末テストなのだ。ださくて古くて整頓(せいとん)されたリビングはやたらと西日が眩(まぶ)しくて、私はすっごく不機嫌だった。ていうか、常にすべてにムカついてた。顔のニキビが毎日三つずつ爆発してて、機嫌なんかいいわけがない。

『ねえ、ララ』

これはママの声。

ママ……。

＊＊＊

「ねえ、邏々(らら)」

「……」

「ちょっと。あなたに話があるのよ。ママの方を見なさい」

「……話しかけないで」

「ママにそんな態度をとる合理的な理由があるなら説明して」

見ればわかるでしょ、っていうのが私の気持ちのすべてだった。どうせママのことだから、私の試験日程なんかとっくに把握済みだろうし。私は今、「べん、きょう、ちゅう」。唇の形だけでそう言って、暗記するべき何枚ものプリントを扇のように広げて見せる。それ以上の説明なんかする気もなくて耳にイヤホンを押し込むが、

「そんなに時間がかかる話じゃないわよ」

あまりにも無造作かつ当たり前の権利みたいにイヤホンをむしり取られて、ほんとびっくりした。私、話しかけないでって言ったよね？　この意思疎通のできなさ。

「は……⁉」

こっちの状況にはお構いなし、ママは当然のように隣に座ってくる。その重みでソファの上の私のお尻が弾む。

「いいからママを見て」

やたら主張の強い太縁の眼鏡を左手で外し、ママは私の方に顔を近づけてくる。

「なにか気づくことはない？」

いつもかけてる眼鏡の重みで鼻の付け根が窪んでる。鼻の下の産毛の剃り跡も目立つ。でも、なにも言いたくない。

「ほら、ママを見なさい。顔だけじゃなく、全身を包括的に眺めて。どうかしら」

逸らした私の視界の中に強引に顔面を割り込ませ、眼鏡を持ったままの左手で前髪をかきあげ、すごい目力で思いっきり見つめてくる。知らんぷりしてプリントに目を落とすが、ママはそれを私の手からいきなり奪い取った。「参考書のコピー？　違うわね。先生がオリジナルで作ったのかしら」

「ちょっと……！」

「小テストの答案が混ざってる。観波邏々、十七点。……十七点？」

不思議そうに首を捻って、ママは眼鏡をかけ直す。もちろん、レンズ越しに見たからって点数が変わるわけじゃない。

「……それ、三十点満点なの」

「三十点満点で十七点」

「だから、勉強してるんでしょ」

取り返そうと手を伸ばすが、万歳するみたいなポーズでかわされる。

「その前に。どう？　なにか気づくことは？　ない？」

「それ、返してよ」

「どうなの邏々。あるの？　ないの？」

「返してってば」

「ママの質問に答えなさい」

「……もー！　やだ！」

　ブチ切れた。珍しく週末もうちにいると思ったら、このしつこさだ。

「ほんっと、うざい！　うるさい！　あっち行ってよ！　話なんかしたくない！」

「あら」

　ママがすごいのは、こっちのブチ切れに一瞬たりとも同調する気がないってところ。いつも通り、まったく動じない。動じたふりすらしようとしない。呼吸も乱さず、細く整えた片眉を上げる。どうでもいいけど小二の時、いじめっこに頭から墨汁（ぼくじゅう）をたっぷり一本分かけられたことがある。担任からの連絡で学校に来たママは、使用済みの巨大筆の穂先みたいになった私を見て言った。「あら」。その時の「あら」と今の「あら」は、声のトーンも表情もまったく同じだ。

「今、ママは二つの視点からあなたの発言について考えてる」

　多分だけど、自分の子宮から血塗れホカホカで産まれてきた私を見て、ママは「あら」って言ったと思う。

「一つは客観的な視点から。大きな声を発していわゆる一般的意味での『うるさい』

状況を作り出したのはあなたの声であるという事実を踏まえて、つまり実際のところ、『うるさい』のはあなたではないか、ということ。主観的な視点からは、あなたの今の発言、親に対して不適切だったと思う。将来に起きることがはっきりとわかるわ。その不適切さの記憶は、この先のあなた自身に後悔の念を強く催させる」

きゃ――――！　って、発狂して叫び出したくなるこのノリ。人間じゃないのかも。

別の星から来たとか。こんなのに、私は生まれてこのかた十三年も耐えている。

「どこ観視点かなんて知らないよ！　ママがうるさいんじゃん！　先にうるさかったし今もうるさい！」

「ママの声量は室内においては適切よ。適切さの指標が曖昧だというなら、ここ数年ママと会話を行った複数名の人物に聞き取り調査を行っても構わない」

「だからもうそういうのがうるさいんだってば！　いちいちなんなの⁉　ほんっと、いらいらする！　ママと話すだけで頭が爆発しそうになる！　まじで全部、ほんっとむかつく！」

「性ホルモンのせいね」

「はあ⁉　またそんなふうになんでもかんでも性ホルモン性ホルモン性ホルモン性ホルモンって！　いっつもそれしか言わないじゃん！　私の気持ちをそんな五文字で片

づけないでよ！」

「六文字」

「……ああぁもぅ！　どーでもいぃ！　ていうかあーもーぅざいぅざいぅざーい！　まじでまじでまじで、ほんっと、むかつく！　せっかく勉強してたのに！　ママが邪魔したんだからね！　完全に気分壊れたから！　成績悪くてもママの責任だから！」

「勉強なら自分の部屋でするべきよ。ここは、リビング。家族が集って会話することを目的として設けられているスペース」

「いまどき部屋が和室の子なんてこの世に私だけじゃん！」

「根拠を示しなさい」

「ない！」

「訂正もしくは撤回するなら母親として受け入れるわ」

「しない！　ていうかエアコンもないしあんなとこで勉強なんかできるわけないじゃん！」

「空調設備がより整った空間で勉強に励みたいなら図書館に行きなさい。市民の税金が適切に投入されているかは、フッ、いささか疑問だけど」

「は・あ・あぁぁ〜!?　もっと早起きして朝一に行かなきゃ日曜に自習席なんかとれ

ませぇぇ〜ん！　なんにも知らないくせに勝手なことばっかり言わないでよ！」

「生物学上の母であっても、あなたのコルチゾールの分泌までは管理できない」

「なにそれ⁉　キモいし意味わかんない！　もういい！　この世に残された最後の和室で畳のカスを全身に突き刺してくる！　目にも刺すから！　それがママの望みでしょ！」

我慢の限界を超えて、勢いつけて立ち上がる。隙をついて手からプリントも奪い返し、リビングを出ようと戸口に向かうが、

「待ちなさい邏々。まだ話は終わってない。正確には始まってもいない」

「ママと話す暇なんかない！　いつもは勉強しろって言うくせになんなのまじでうっざ！」

「スマホ――」

廊下に出ようとした背中で、私はその言葉を聞いた。撃たれたように足が止まる。スマホ？　それはもしかして、私が欲しくてたまらなくて何度もねだって、でも「十八歳までは禁止」の謎理論で一蹴され続けてる、あのスマホのことだろうか。

「――欲しいって、言ってたわよね。邏々」

首を曲げて振り返る余裕もなくそのままバックステップ、巻き戻されたみたいに私

はママの前に立った。

「うそ。もしかして、買ってくれようとしてる……？」

「パパが、スマホは十八歳まで持つべきじゃないっていう考えなのは知ってるわね。ママは実は今、もうすこし柔軟な考えを持っているのよ。災害時の連絡手段としてはもちろん、あなたが情報技術に興味を持つきっかけになる可能性もある。管理を通じて責任感を養ってほしいとも思ってる」

「うん……うんうんうん！　わかる！　だよね！」

「だから、パパに交渉してみてもいいかな、と思っているの。頭ごなしに十八歳と言わず、もっと時期を早めてもいいんじゃないか、って」

「いいと思う！　まじ同感！」

「ただ交渉を開始するためには、ルールとして、それなりの手土産が必要なのは理解できるかしら。たとえば、邏々は勉強を頑張って成績を上げるって約束した、とか。邏々は二度と親に対して反抗的な態度を取らないと約束した、とか」

「え、そんなの全然約束するする！　絶対、守る！　勉強するし、うるさいとかもう言わない！」

「よかった。それならママも約束するわ。タフな交渉で強気に攻めて、遅くても高校入学までには必ず話をまとめてみせる」

「よくわからないけどさすがママ！　頑張って！　うそ、やだ、どうしよう、すごい楽しみ！　絶対 iPhone にするんだ！」

浮かれて軽くステップ踏みつつ、今度こそリビングから出て行こうとして、

「待ちなさい。そういうわけで、ママを見なさい」

「はあ!?　だからそんな暇ないんだってば！」

「あら」

ソファで足を組み、ママは私をじっと見てくる。片眉を上げて、いつもの表情で、眼鏡を中指でくいっと押し上げる。その目がママの声で語りかけてくる。二度と親に対して反抗的な態度を取らないと約束したのは、どこの誰だっけ？　誰かしら？　ねえ誰？　誰だった……？

「……あーもーわかったってば！　その催眠術みたいな目で私を操るのはやめて。で、なにを見ればいいわけ？」

「ママには一つ、変化が起きた。自分でもついさっきまで気付いていなかったわ。あなたは気が付くかどうか、確かめてみたいと思って質問をしたのよ」

「変化？　え、わかんない。美容院は行ってないよね。服も前からあるやつだし」

「ヒントよ」

ママはソファに座ったまま、私を見ながらゆっくりと左腕を曲げて、握った手を胸に当てるポーズをしてみせる。

「え、なんだろう。それって……外国の人の国歌斉唱？　サッカーの試合でそういうの見たことある。こうやって、アーチーチーアーチー！　モエテルンダローカー！　みたいな……ふふ、なにこれ、ノリノリじゃん。どこの国歌？」

「なにもかも、すべてが、完璧に違う」

「え、え、じゃああれ、なんだっけ、あの……パッション……ほら、あの人。パッションヨン……那覇？　米良？　え、なんかすっごい違和感」

「ここに注目して」

右手で、左手の手首を指す。関節？　骨のでっぱり？　腕時計？　あ——腕時計！

「時計がない！」

「正解！」

「イエーイ！　当たった！」

ママはいつも左の手首に、華奢なゴールドの腕時計をつけていた。私が生まれる前にパパからプレゼントされた物で、ママはそれを本当に大事にしていた。毎日必ずつけていた。言われてみれば、それがなかった。思わずノリと勢いでイエーイ！　とか盛り上がってしまったけれど。

「ていうかうそ⁉　散々もったいぶって、たったそれだけのこと⁉」

だからなんだ、と。

時計なんかいつだって外したい時に外せるものだ。いちいち「つけてる！」とか「つけてない！」とか騒ぐ奴なんているわけない。そう思うのに、

「いつから時計がないか、自分でもはっきりとはわからないのよね……」

ママの言葉は歯切れが悪かった。こんなことは滅多にない。嫌な予感がした。

「……ていうか、まさか」

「そのまさかよ。失くしちゃったみたい」

あまりの衝撃に、声を出すのも忘れた。信じられない。口を開いて息を吸ったまま、目の前のママを――パッと見ではよくわからないけれど、親子ならギリわかるレベルで微妙に眉をハの字に下げ、その角度的に恐らくしょんぼりしているらしいママを、ただ見返す。

ママが大事なものを失くすなんて信じられなかった。ママはうざい分すごい人なのだ。大学の先生で、本も書いてる。いろいろダメダメな私とは全然似てなくて、とに

かく失敗なんてするところを見たことがない。よくパパは冗談で「あなたは僕と結婚したのが唯一の失敗！　だはは！」と笑っている。「ほんとそう！　まじうける！」って私も笑う。もちろんママはあの顔で、あの声で、「あら」だ。

そのママがやらかした。

「失くしたって、やばいじゃん！　いつ⁉　どこで⁉」

「それが本当にわからないのよ。時計がないことに気付いたのもついさっきのことだし」

「ちゃんと思い出して！　昨日はあったの？　一昨日は？」

「このところずっと、時計を着脱した記憶がない。だから恐らく……失礼、推論を述べてもいいかしら」

「いいよ」

「論拠には乏しいんだけど、ロジックは破綻していない」

「いいってば。推論カモン」

「お葬式の時だと思う」

「あ……あの時」

一人暮らしをしていた私のおじいちゃん、ママにとってのお父さんが、突然の病気で亡くなってしまったのは先月のことだった。

ずっと元気だったから、私たち家族はみんなショックを受けた。心の準備なんてまったくできていなかったし、葬儀が遠方だったこともあり、悲しみと疲れでしばらく家中が暗かった。ついこのあいだ納骨が済んで、私たちはようやくいつもの生活に戻ってこられたところだった。

「ほら、あの時は大勢の人に挨拶やらなにやらし通しで、睡眠もとらなかったでしょう。本当に疲れちゃって、頭に靄がかかったようになってたのよ。お手洗いに行ったときに、もしかして外したのかもしれない。わからない。とにかく、結果としてなくなってしまった。残念ね……」

ふー。とアンニュイにため息をつくママの肩を、

「ふー。じゃなくてさ！」

摑んで思いっきり揺さぶる。事情は理解できても、私は落ち着いていられない。

「もっと焦らなきゃ！　あんなに大事にしてたのに！　夫婦の思い出が詰まった宝物って言ってたじゃん！」

「焦ったからって状況が良くなるわけじゃないでしょう。それに、するべきことはもうしたのよ。斎場と火葬場、お寺には電話で問い合わせて、警察にも連絡を入れた。

それより今知りたいのは、パパが気付いているかどうか。あなたは気付いていなかったわね」

「そりゃパパは……」

ママと目を見合わせ、二秒後、二人して頷き合う。百パー、パパは気付いてない。

私とママが似ていない分、私とパパはそっくりだった。顔も似ているし、行動のペースも性格もそっくり。パパと私は同じ成分でできてる（推論）。私が気付かないなら、パパも気付かない（ロジックは破綻していない）。というか、色々すごいママが気付かないことに、私とパパの色々だめだめチームが気付くわけがないのだ。

でももし気付いたら、がっかりするだろう。そしてママを責めたりは絶対にしないで、心の底から気遣って、自分のがっかりは隠し通す。そういうパパをわかっているからこそ、私たちはパパをがっかりさせたくない。

「……同じ時計、買っちゃえば？」

「あなたならそう言うだろうと思った。でも、わかるでしょ？　ママは——」

「嘘をつかない、でしょ。知ってるよ」

「そう。本当のことしか言わない。生まれつきそういう性格なのよ」

「けどさ、だったらどうするつもりなの？　パパが気付かないからって、このまま一生何事もなかったように暮らしてく？　時計なんか最初からなかったみたいに？　そんなことほんとにできるって思ってる？」

「でも……案外あっさり、すぐに見つかるかも」

「だといいけどね」

なにもつけていない左の手首を触りながら、ママは黙ってしまう。困っているようだった。珍しいことに。

壁の時計を見ると、もう午後三時半を過ぎている。パパはもう少ししたら、ジムから帰ってくる。

＊＊＊

もう見つからない気がしていた時計は、ママが言った通り、びっくりするぐらいあっさりと見つかった。同じものを買うように説得する間もなかった。忘れ物として斎場の事務所に届けられたまま、ずっと放置されていたらしい。連絡を受けた斎場の人が保管庫を探してくれて、すぐに「ありましたよ」と電話をくれた。その翌日にはちゃんと手許（てもと）に戻ってきた。

パパは時計がなくなったことにも、戻ってきたことにも気付いていなかった。

おじいちゃんの突然の死、という大きな変化の真っ只中で、時計がなくなるという小さな変化に、私たちは誰も気付けなかった。

ママは、約束を守った。スマホを子供に持たせることをやたらと恐れるパパを、本当に説得してくれた。私が中三になってすぐの春、念願の iPhone を買ってくれた。

私は約束を守らなかった。

勉強はとにかく、あれから何度も、本当に何度も、ママに反抗した。「うるさい！」「ほっといて！」「関係ない！」「知らない！」「どっか行ってよ！」「大っ嫌い！」……もっとひどいこともたくさん言った。

私は怒ってばかりいて、ママを傷つけようと躍起になっていた。どうしてなんだろう。ママはあまりにも存在しているのが当たり前だったから、必死になって振り払わなければ大人になれない気がしていたのだろうか。それとも性ホルモンのせいだったのか。

わからない。とにかく、ママの言った通りだった。『その不適切さの記憶は、この先のあなた自身に後悔の念を強く催させる』――ママは正しい。未来に起きることが、ママには本当にわかっていたのだ。

私は今、あんな態度でいたことを、ものすごく後悔してる。

ぶつけた言葉を全部取り消して言い直したい。大好き、とか。もっと一緒にいたいとか。おいしいとか嬉しいとかありがとうとか。いってきますとか。ただいまとか。おかえり、って大きな声で言いたい。そばにいて、って。くっついてて、って。一人にしないでって。もっとおはなしして。私が眠るまでここにいて。そう言いながら、小さな赤ん坊の姿に戻って、力いっぱいしがみついて大きな声で泣き続けたい。

ママはきっと、「あら」って言うだろう。そして私を抱き上げて、泣き止むまで背中を叩いて、小さく揺らし続ける。ずっとそうしてきたように。いつものように。そして私は安心して、そのまま目を閉じ、眠ってしまう。

――もう一回でいいから、あの声が聞きたかった。

あの声がまた聞けるなら、なんだってする。頭の中ではもう再生できない。私はママの声を忘れてしまう。どんどん忘れてしまう。

声だけじゃなくて、ママの顔も、触れた時にぺたっとくっつく肌の温かさや匂いも、当たり前に知っていた感覚のすべてが、私の身体の中から血とともに流れ出ていく。どんなふうだったか、なにも思い出せなくなってしまう。記憶はこうして次々に壊れて、思い出そうと取り出すたびに、その一塊の時間につけたタイトルが見えなくなる。追いかけるたびに遠ざかる。ぜんぶ、みんな、行ってしまう。待って。お願い。聞きたくてたまらない。最後にもう一回、本当になにもわからなくなってしまう前に、せめてもう一回だけでいいから、聞きたい、聞きたい、聞きたい、聞きたい……？

……なにが、聞きたかったんだっけ？

ほらね。

わからなくなってきた。

次に目を閉じてしまったら、それで終わりになるのかもしれない。そして二度と目を開けることはできないのかも。怖いから、必死に目を閉じないようにしてる。開いたままの目の表面を、私の中身が流れ伝って落ちていく。なにもかもを失くしながら、私はどんどん冷たくなっていく。

なにかを聞きたいって、強く思っていたような気はまだしていた。思っていたはずの数秒前の自分のために、必死で耳を澄まし続けていた。

その耳に、あれ？　不思議。

今、草を踏む足音が聞こえた。

なにかの間違いかと思った。だって私を見つけられる人なんているわけがない。だけどそれはやっぱり足音で、少しずつこっちに近づいてくる。きゅっ、きゅっ、とゴムで固いものを擦（こす）るみたいな、規則的で不思議な音もする。

やがて私の視界に、宇宙人が現れた。
いや、まじで。

2

そういうわけで、これが宇宙人との出会いの場面。

宇宙人を見て、驚いて、「宇宙人だ！」って叫べるのは、宇宙人を知っている人だけだよね。宇宙人を知らなければ、目の前に現れたって驚くことはできない。

もちろん私は驚いた。そして、

「う、」

ちゅうじんだ！　叫ぼうともした。

でもそのとき、こみ上げるなにかが喉(のど)に詰まった。血かゲロか、とにかくなにかろくでもないものかと思ったけれど、吐き出してみればそれは意外にも、

「……わあ……あ……！　あああ……！」

感情の塊だった。

まるで何年分も、何十年分も、何百年分も、いやもっと、何万年何億年何億万年分

も貯めこんできたかのような、大きくて熱い感情の塊。

嗄れた喉から必死に泣き声を絞り出しながら、目は、宇宙人から視線を逸らせない。

宇宙人も私を見てる。身体が爆発してしまいそうだった。さっきまで自分を憐れんで流していた涙とは違う、真水みたいな新しい涙が噴き出してくる。顔中を伝う血が濯がれていく。

「い、生きてたの……!?　生きてたんだ……！　生きてた……よかった……！」

こんなにも深刻に宇宙人を心配していたことを、どうやら私は忘れかけていた。

宇宙人は親指で自分を指し、

「俺は生きてる」

深く頷く。すぐ傍に片膝をつく。倒れたままで泣いている私を見下ろす。消毒液みたいな強い臭いがする。

「それより大丈夫か」

その質問には、答えられなかった。なにも言えないまま、私も宇宙人を見上げる。

宇宙人の声がくぐもっているのは、彼が顔の下半分を覆うようなマスクをつけているから。マスクからはチューブが伸びて、背中のタンクと繋がっている。そのタンクからマスクに空気を送り込み、息をするたび、チューブの内部がきゅっ、きゅっ、と鳴るらしい。タンクには星の空気が詰まっているのだろう。宇宙人はここの空気では生きられないのだ。

　夜の闇の中、そこだけライトで照らされているみたいに、宇宙人は綺麗なブルーに光っていた。マスクの顔も、その顔にかかる髪も、広い肩のラインも。目が眩む。彼は全身が水族館の青。

　私はまだ泣きながら、両手を彼の方に伸ばした。この身体はもうどこもかしこもまく動かないけれど、それでも頑張った。どうしても触って確かめたかった。

「……本当に、ここに、いるんだよね……？」

「ここにいるよ」

　宇宙人も手を伸ばしてくれた。

「あなたは、本当に、宇宙人なんだよね……？」

　大きな手。長い指。触れた瞬間、強く摑まれる。

「もちろん」

　私の力の入らない両手を、宇宙人は軽々と片手ひとつで包めてしまう。

「俺は、宇宙人だ」

　目を逸らさずに見つめあって、私の涙は全然止まらない。

あんなビームに撃たれたにしては、青いレザーのライダースみたいに見える宇宙の服にはダメージがなかった（『あんなビーム』が『どんなビーム』だったか今すぐに知りたければ、すこし先にある記号『Q』の部分を見て）。

「……私、宇宙人は死んじゃうんじゃないか、って、思ってた……だって、見てたんだよ」

確かにここにある宇宙人の手を、両手の指全部を使って強く握り返す。その手にすがって、地面に糊で貼りつけられたみたいに重い身体を起こしていく。なかなかうまくいかなくて何度も身を捩りながら、どうにか起き上がって、彼の胸にぶつかるみたいに飛び込んだ。

「ここまでのこと、ぜんぶ、見てたんだよ……！」

宇宙人は私を胸で支え、

「ごめん」

短く呟いた。それでいて私を抱き締めるでもなく、押しのけるでもなく、あの呼吸音だけを漏らしている。

触れ合ったところはどこも冷たい。私も彼も冷たい。すがりついた体勢のままで沈黙が続いて、だんだん怖くなる。こんなに必死なのは私だけ？　生きてることを確かめて、泣いてしまうのは私だけ？

すこし顎を引いて視線を上げた。至近距離に、青くて冷たい彼の顔がある。瞬きする二つの目は、まっすぐに私を見ている。鼻から下、顎まで覆うマスク。その顔を私もずっと見ていたくて、吸い込むように目を見開いて――気が付いた。

彼の頭上には、極彩色の銀河が渦巻く星空が広がっている。

ゆっくりと回転しながら、無数の星は無数の銀の線になっていく。弧を描いて、ぐるぐると西の地平に落ちていき、またぐるぐると東の地平から昇ってくる。回り続ける、まるでレコード。彼の空は、ＤＪが私たちのためにかけてくれたレコードみたいだ。針が落ちれば、音楽が始まる。音楽が始まれば、この夜は特別になる。

つまり、これは、ただの夜なんかじゃなかった。ただ私が死ぬためだけの夜なんかじゃ、絶対にない。

私たちが出会うための夜だったんだ。

でもまだ言葉が見つからない。

黙って彼の目を見つめながら、この時間が終わらないことをただ願う。私はあなたとずっとこうしていたい。回転する星空のように、始まりも終わりもない永遠の時間の中をぐるぐると巡っていたい。いつまでも明けないこの運命の夜が続いてほしい。

「……ていうか、もっとかわいい恰好してる時に会いたかった……私、やばくない？」

　やばくないわけなんかないんだけど、彼の目がほんの少しだけ細くなる。それは、笑ってくれたんだって思ってもいいだろうか？　思いたくて思いたくて、その思いたさに、また涙が零れた。声が聞きたい。なにか言ってほしい。

「私は……、えーと、……なんだっけ、私は……私はね……」

「ララ」

　青い光が、睫毛の先で弾けたような気がした。瞬きする。新しい涙が落ちる。私はララ。弾けた光の粒子が私を照らし出す。きらきらと身体の線を光らせ、この夜の闇から一瞬だけ、綺麗に浮かび上がらせてくれる。

「知ってるよ。ララ」

　静かな声だった。

　すこし低くて、透き通るみたいに澄んだ、青い声。私にとっては、世界にたった一つの声。この声しかない。私はもうこの声しか知らない。これだけが、私に残された最後の声。

「なんで私を知ってるの……？」

「ずっと探していたから」

「うそ……ほんとに？」

「そしてララも俺を待っていたはずだ」

「……うん、そう思う……きっとそう……」

「ここはララの世界。ララは、世界そのものだ。俺が守る。絶対に」

「それ……うける」

「意味がわかるのか」

「全然わかんない……わかんなすぎてうける……でも、全然、いい」

本気でそう思っていた。そんなのいい。なんでもいい。一緒にいられるなら、意味なんかいらない。あなたは私を探してくれた。ここまで探しに来てくれた。それだけでいい。

「嬉しい」

宇宙人は、私の正直な言葉を聞いて、すこし動きを止めた。「嬉しい……？」呼吸の音も何秒か止まって、

「これが、嬉しがっていられる状況かよ」

片手の指の背で私の頬を撫(な)でる。なにかを拭(ぬぐ)おうとしているみたいに、何度もそっ

と。目元やくちびる、こめかみも。顔に貼りつく長い髪を丁寧に指先でかき分けてくれながら、その目が左右に揺れるのを見てしまう。宇宙人さえ不安にさせる状況なのは自分でもちゃんとわかってる。それでも優しく触れられているのがまた嬉しくて、笑ってしまう。

「会えたのが、嬉しいんだもん……私が犬なら、しっぽの振りすぎで、ヘリコプターみたいにお尻から空に飛んでってる……」

またちょっと沈黙。それからマスクの下で小さく「そうか」とだけ言って、宇宙人はやっと私を抱きしめてくれた。

その胸に、残された私のすべてを完全に預ける。本当に嬉しい。思うことはそれしかない。離れ離れになってしまわないように、私も両手を背中に回す。必死にしがみつく。もう離れたくない。二度とこの手を離したくない。冷たいレザーの胸に強く顔を押し当てて、目をつむる。

完璧だと思った。

二人でこうしていられるなら、他のことはどうでもいい。出会ってすぐにこんなふうに思うなんて突然すぎるだろうか。どうかな。私って、やっぱりばかすぎる？

いや、でも、違う。言うほど突然ってわけじゃなかった。彼の姿を初めて見た時から、私は心を奪われていた。それから今に至るまで、ずっと、心を奪われたままなのだ。

宇宙人は、あまりにもぴったりと完璧に、「私が愛する者の形」をしている。

あの時、私はテレビの前に膝を立てて座り込んでいた。

テレビはまだ買って三か月の四十インチ。着てたのはいつものキャミソールにいつものショートパンツ。ほとんど下着みたいな部屋着。左手には中毒みたいにはまっているカップヌードル（トムヤムクン味）。右手にはお箸。すぐそこにiPhone。

そう。みんな、気をつけて。

ここがQだよ。

この時間の塊を、私はQと呼ぶからね。

こんなにもいつもどおりの恰好で、私はただただ、びっくりしていた。信じられないことが起きていた。

テレビに、宇宙人が映ってるのだ。

テレビを通じて、人類になにかを伝えようとしているらしい。宇宙人は、よく晴れた空の真下にぽつんと一人で立っていた。

カーテンを引いた窓の外は夜だったけれど、宇宙人がいる場所は昼らしく明るい。どこから中継されているのかはわからない。

画面の右上には白い「Live」の文字が躍ってる。

宇宙人は一人、ゆっくりと歩いて壇に上がって、カメラ越しにこちらをじっと見つめてくる。

火傷しないようにフーフーして、麺をすこしずつすすりながら、宇宙人が喋り出すのをしばらく待つ。現実味は正直、全然ない。もう少しテレビに近づいて、音量も上げる。

『……これを見ている地球の人類、みんな。お待たせ』

建造物がなにも見えない青空の下、宇宙人は話し始めた。声はクリアに聞こえた。

『どうか落ち着いて聞いてほしい。世界には、終わりが近づいている。私たち宇宙人は未来を予知する技術をもっているからわかる』

うそ。麺を前歯で噛んだまま、私は咀嚼することを忘れた。カメラが引いて、青空の下に立つ宇宙人の姿が小さくなる。

『うそじゃない。この世界は、もうすぐ終わろうとしている』

世界が、終わる？　なにそれ？　つまり、どういうこと？　みんな死ぬの？　突然、いっせーのせで？　それとも大災害に襲われるとか？　パンデミック？　戦争とかになる？　アラレパンチで地球が割れる？　とにかくもっと具体的に言ってくれないとわからない。

『どうか、人類には、これからくるこの世界の終わりを回避してもらいたい。そのために私はここまでやって来た。とにかく落ち着いて、すべて本当だから信じて。回避する方法は、本当にちゃんと存在してる。このまま進んではいけない。ちゃんと見て。そして思い出して。そう、これは夢なん――』

そのときだった。

宇宙人の頭上、雲よりも高いところでなにかがキラッと光った気がした。宇宙人は大きく仰け反って空を見た。なにか叫んだようだった。

次の瞬間、その光は音もなく、一筋の白い線になってまっすぐ真下に伸びた。

突き刺さる矢のように私には見えた。

それは天から宇宙人に向かって放たれたビームだった。

白い光の柱の中で、宇宙人は蒸発したかのように影も形も見えなくなる。画面の向こうが眩しく瞬く。すべてが破壊されていく。閃光と、轟音。巻き上がる砂塵。土煙。音声が消えて、画面は激しく揺さぶられている。空からは瓦礫が降り注ぎ、地面は割れながら盛り上がる。圧縮されては引きちぎられる。

世界が、終わっていく。

「……やだ……」

この声。誰の声？　私の声だ。

カップヌードルを摑んだまま、テレビに近づいた。「ちょっと、やだやだやだ……うそ、こんなのうそでしょ……」

画面の向こうで見えなくなった宇宙人に、助けは来ない。お箸を握ったままの手で、思わずテレビの画面に触れた。

「やだ！　ねえ！　誰か！」

叫んだって聞こえるわけがなかった。画面を叩いたってテレビが後ろに倒れそうになるだけで意味はない。でも、そうせずにはいられなかった。そこにいたことを、私は知ってる。狂ったみたいなうるさい音——なに？　クラクション？　泥のにおいがする。眩しい！　私を照らさないで！　私じゃなくて——

「誰かお願い！　早く助けに行ってよ！　そこにいたの！　誰でもいいから見つけて！　早く助けないと死んじゃう！　きっと怪我してる！　誰か！　手当して！　お願いだから、急いで！」

地震のように、床が揺れ始めたのがわかった。最初は小さく、次第に大きく。テレビで見ていた衝撃が、ここまで伝わってきたのだ。

「早く助けてあげて！　私は行けない！」

それでも、テレビに向かって叫び続けずにはいられなかった。私にとっては差し迫るこの世界の終わりなんかより、宇宙人が心配だった。

宇宙人は、未来を予知する技術があると言っていた。それなら、こうなる自分の運命も知っていたはず。それでも宇宙人は、人類を助けるためにはるばるここまでやって来た。自分が死んでしまうことを知りながら、世界を存続させるために。

でも私には、世界よりもなによりも、もっともっと大事ななにかがある気がした。なにかを忘れてしまっている気がした。なにか、それは、静かで、動かない——

「ねえ！　誰か！　……だめ！　このまま死んじゃだめ！　頑張って！」

心臓が爆発しそうに高鳴って、身体がガタガタ震え出す。喉も震えて、呼吸は甲高い泣き声になっていく。宇宙人は呼吸しているだろうか。どれだけ痛いだろう。早く誰か助けに行って。私は行けない。なにもできない。もう息もできない。焦りのあまり、ほとんど悲鳴みたいに叫んだ。

「息をして！」

そのとき、摑んだままだったカップヌードルを取り落とし、まだ湯気が昇る熱いスープが床に零れた。右隣に向かって反射的に謝ろうとして、声を飲む。私の右側には、誰もいない。ただ、一人分のスペースだけが、隣にぽっかりと空いている。

テレビの方に向き直ると、空を映した画面が、下からジッパーを上げるみたいに、両サイドから黒く閉じられていくところだった。足元の揺れは止まらない。辺りにはパラパラとなにかの破片のようなものが降ってくる。照明が壊れる。天井が落ちる。すべてが剝がれ落ちていく。その向こう側に漆黒の闇が見える。

私は泣きながら目を閉じた。そして思い出した。ていうか、なんで忘れていたんだろう。ここには、私の右隣には、いなきゃいけない人がいたじゃないか。いないのなら、それは、ここは、つまり――

「……そうだ。これは夢だ。夢なんだ……だって、だって……」

以上。

ここまで、テレビの中に宇宙人が現れて、ビームに撃たれてしまったのを私は見ていた。そして叫んだ。これがQ。ちなみに、Qというのは私が勝手につけたただの記号。決して見失わないように、わかりやすくしておいた。

そういうわけで、さっきの話の続きへ戻るよ。

私を抱きしめていた腕を緩め、青い宇宙人はすこし身体を引いた。

「さっきの話の続きをしなきゃな」

「……なんだっけ……？」

「この世界は、もうすぐ終わる。それを回避するために、俺はララを探してたんだ」

宇宙人の膝の上に仰向け（あおむ）けに抱えられ、私はその声を聞いている。もっと正確に言えば、聞いている、っていうフリをしながら、その頭上の夜空がすごく綺麗だと思っている。マスクの顔も、かっこいい。この角度最高。そんなことを思いながら、目蓋（まぶた）は自然と閉じてゆく。

「ララ。だめだ。ちゃんと聞け。これは大事な話なんだ」

頬を摑まれ、ぐいっと下目蓋が引っ張られた。目が開く。彼は青く光ってる。

「……それ、やめて……目の下にしわができちゃう……」

「いいか。おまえはここで死んじゃいけない。わかるか？　この世界は、おまえにかかってるんだ」

「わかんない……無理無理……」

「この世界はおまえが死んだら存続できない」

「そういう系の話はとりあえず無理……」

「どういう系とか関係ない！　わかろうとしてないだろ」

強めに言われて、「は？」むかついた。目が開く。眠気も飛ぶ。どんなに素敵な宇宙人でも、出会えたことが嬉しくても、むかつくときには普通にむかつく。

「ちょっと。これ、見て。わかんない？　どうなってる？　言ってみて」

頭を指さし、大穴を見せつける。

「……ひどい」

「もっと具体的に」

「……脳みそが垂れ流しだ」

「そうだよ。ちゃんと見えてるじゃん。私、今、脳みそを、垂れ流してる。ご覧のとおりね。こんなときにいきなりどうのこうの言われても、難しいことわかるわけない。そっちこそ宇宙人のくせにそんなこともわからないの？」

「でも、大事なことなんだ！　わかってもらわなければ俺も困る」

「だったらもっと簡単に、私にわかるように説明して」

「だから、この世界は俺が観測している世界で、ララそのもので、ララはこの世界の、」

「あーあーあー！　やめて、そういうのわかんないってば！　ドラゴンボールで喩えて。私はこの世界のなんなの？」

「……ララは」

「先に言っておくけどミスター・サタンは絶対いや。あんなに毛深くなったら私一生スカート穿かない。脱毛したって所詮いたちごっこだよ、毛根がすっごい元気そう。きっと巨大な毛穴から剛毛がもう暗がりのモヤシみたいにわさわさと、」

「鳥山だ」

「えっ……」

虚をつかれた。待って、鳥山――どんな顔だったか思い出せない。

「ワンピに喩えるなら、ララは尾田だ。進撃なら諫山だ。コナンなら剛昌だ」

「うそ、ていうか、なんで剛昌だけ下の名前……」

「そして俺は読者だ」

「んーと……えっと、えーと……じゃあ、編集部はなんなの？　出版社は世界のなに？　印税はどこへ？」

「それはややこしくなるから考えるな。とにかくこの世界は、おまえが創造した世界だってことだ。そして俺は、本来は外部からの観測者でしかなかったけれど、でもこの世界を終わらせないために、あえてここまでやって来た。つまり俺は今、おまえの世界の内側に侵入している。おまえが自分だと思っている、その内側に一緒にいる。ここではおまえの見てきたこと、知ったこと、考えたことだけが現実のすべてだ。そんなの誰にとっても同じことだけど、とにかくここはおまえの世界」

「やば、全然わかんない……んーと、んーと、つまり……この世界って、漫画なの……？　えっ、めちゃくちゃやばくない？　火をつけたら世界丸ごと燃えちゃうじゃん、ていうか火をつければそりゃなんでも燃えるんだけど……なんでも燃えるってことはないいか、燃えないゴミっていうのもあるし……え、燃えないゴミって、燃えないんだよね？　び、瓶とか……違う？」

「落ち着け、瓶は資源ごみだ。そして今のは、たとえ話だ。あくまでおまえのリクエストに従って喩えただけ。そういう感じの構造だって話」

「どうしよう、結局まじでよくわかんない。わかんないけど、とにかく、私を助けに来てくれたってことだけはなんとなくわかったような……？　そんな感じ……？　だよね？」

大きく頷いて、宇宙人は言った。

「そう。それでいい。その通りだ」

私の手を握り、マスクの顔を近づけてくる。呼吸の音がよく聞こえる。

「おまえを死なせないために、俺はここに来た。この世界を終わらせたりしない」

「でも……」

宇宙人からこっそり目を逸らし、どう言うべきか言葉を探した。

それ無理じゃない？　って、私は思ってる。こんな状態になってしまった人間が、生きていられるわけがない。死なないでいられるわけがない。それぐらいのことは、いくらアホな私でもわかってしまう。

でも、宇宙人は自分の命をかけてここまで来てくれた。ここまで私を探しに来てくれた。それが全部無駄だったなんて、できれば言いたくない。迷った挙句に、えへ、と、いかにも頭からっぽそうに（ていうかほぼその通りなんだけど）笑ってみる。

「とりあえず、難しいことは置いておいて――」

我ながら下手な話の逸らし方だったけれど、他にどうすればいいのかわからなかった。

「今からどこか行かない？　そこにバイクがあるでしょ。二人乗りして、どこか……どこでもいいや、楽しいところに連れて行って。二人乗りで夜遊びとか、私そういうのにずっと前から憧れてたの。デート、お出かけ、思い出作り。ね？」

パチパチパチ。精一杯の高速瞬き。

「まあほんとだったらこんなじゃなくて、もっとキラキラでひらひらのミニドレスとか着て、ハイヒールで足出して、最高にかわいい私でいたかったけど……バイクもあんなんじゃなくてもっとすっごいピカピカの、綺麗な色のがよかったけど……でも行きたい。いいでしょ？　お願い！」

食らえ、漆黒のセクシーアイライン。睫毛をバサバサさせて甘えてみる。しかし宇宙人は乗って来なかった。首を大きく横に振り、

「まだその選択肢を選ぶ時じゃない」

私の手を離す。肩を摑み、強く揺さぶる。「よく聞け、ララ」ゆさゆさ。「あ、あ、それやめて、脳みそがボトボト……」

「俺は諦めない。回避することはできるんだ」

「えー……どうだろう」

「できる。『宇宙人』の俺がそう言ってるんだから『本当』だ。信じられるだろ？」

「信じる、信じてるよ、けど」

「さっきの喩えで言うなら、鳥山は、ドラゴンボールを描かないでコボちゃんを描くんだ。過去のある時点に戻って、ドラゴンボールの原稿を没にして、刈り上げぼうや

が主人公の四コマ漫画を描き始めなくちゃいけない。コボちゃんを鳥山が描いている世界を、ララ、おまえが選ぶんだよ」

「でも、ドラゴンボールとコボちゃんって、連載開始の時期は同じなのかな……」

「だから、喩えだ！ あくまで、喩え！ 『これ』とは違う世界を、違う現実を新しく作れってこと！ そして選べ！ 『これ』と違う方を、ちゃんと！」

「作れ、選べ、って言われてもわかんないよ」

「考えろ鳥山！」

「鳥山じゃないし」

「落ち着いて思い出せ！ 変えるならあの時だ！ あの時！ わかるだろ!? 行くぞ！」

「え、え、待ってよ！ 行くってどこに？ あの時ってどの時？」

「

——ごめん、ここで一時停止。

私がケモノ偏になって夢から目覚めたその瞬間から、ちょうどこの瞬間までのことを、Xとしておく。これも、私が勝手につけた記号。私は泣きながら血だまりで目覚めて、宇宙人と出会い、ドラゴンボールとかコボちゃんとかの話をした。そしてどこかへ連れて行かれようとしてる。この時間の塊がX。

みんな、このXのところをちゃんと覚えておいて。これから何度もここに戻ってくることになるからね。

じゃあ再開。


「え、え、待ってよ！　行くってどこに？　あの時ってどの時？」

「高校一年の春、赤い電車の前から二両目！」

宇宙人の眼差しが私の中に飛び込んでくる。先に進むのか、前に戻るのか、結び目はさらに固くめちゃくちゃに絡まっていく。

わかってる。やばいよね。それでも話は先に進む。とりあえず、みんな、ちゃんとついてきて。

3

高校一年の春、赤い電車の前から二両目。

車窓から眺めていた住宅街の桜は、もうとっくに終わってしまった。見下ろす町のあちこちに、今は明るい緑の小山がこんもりとしている。新しい葉の色合いはまだ優しくて柔らかい。茹でればおいしく食べられそうに思えてくる。なんかこう、ブロッコリーみたいで。

私は毎日この電車に乗ってる。

学校に行く時も、家に帰る時も、決まった時間の同じ車両の同じ位置のドア横スペースを、いつも狙って乗るようにしてる。

そうするようになってから、もう一か月以上が過ぎた。

この位置がいいのだ。たとえ座席が空いていても、私は座らない。ここにこうして立っているのが好きだった。

学校の最寄り駅から乗り込んだ帰り道、二つ目の駅で電車が止まる。ドアが開く。降りる人が降りて、乗る人が乗る。

あの三人組も、乗ってくる。

（きた……って、え？　あれあれ？　うそ⁉　うわー⁉）

頭の中で叫ぶ。

（髪が、黒い……！）

ドアが閉まって、電車は再び走り出し、私は壊れた柱時計。胸の中の心臓は早鐘（はやがね）。火事、祭り、暴れ馬。耳も鼻もおでこも熱い。顔全部、火の玉。

話し声はすぐ近くから聞こえてくる。「……そしたら、もーちゃんがいんのよ」「は？　ねえよそれは」「盛ってんな、また」「いやまじだから！」

顔を向けることなんか絶対にできなくて、こっそりといつもの横目。この位置からなら彼が見える。

「ばーか。ふざけんなコラ。ねえって言ってんだろ」

――笑うと揺れる、さらさらの黒い髪。

内臓が裏返って口から出そうだった。即、目を逸らす。でもまた見てしまう。頭の中の大騒ぎは止まない。血が全身を暴走してる。酸素が足りない。息が苦しい。誰にもわからないように、そっと早い呼吸をしながら、私は必死に窓の外を見ているふりをする。

　その三人組とは、だいたい八割の確率で一緒になった。

　彼らはいつも同じ駅で乗り降りしている。学校の最寄り駅らしい。ブレザーの制服を着崩して、潰したバッグを肩にかけて、いつも同じメンバーでつるんでいる。朝はあんまり話していなくて、帰りは結構騒々しい。

　その中の一人の横顔が、私にとっては猛毒なのだ。

　盗み見るだけで、呼吸が止まりそう。なんなら心臓も止まるかも。でも見ずにはいられない。それでいてまともには見られない。

　今日の朝は会えなかったから、

（うわー、うわー、うわー……！）

　丸一日ぶりの横顔だった。めちゃくちゃ、刺激が強い。だって、また髪の色が変わってる。ていうか黒髪に戻ってる。見たくて、見られなくて、でも見たくて、でも見られなくて、左右に激しく動く目が忙しい。

　あの長い首。緩めた襟。すこし伸びた前髪から覗く目元。すっと少しだけ吊り上がって、笑っていても眼差しだけはマイナス5℃。背が高くて、一人だけ標高が高いところを生きているみたい。制服はくたびれてるから新入生じゃないのは確実だ。年上。大人っぽいし、高三かも。あの目がもしも私を見たら、死ねる自信が全然ある。きっと焼け死ぬ……いや、氷になって凍死する。彼が使う魔法は火よりも氷のはず。多分だけど絶対そう。

はじめは、なんとも思わなかった。この春からは女子高に通っているけれど、それまでは普通に公立中学で男子と机を並べていたのだ。異性が珍しいわけでもなく、別に意識もしなかった。三日連続で同じ車両に乗り合わせて、よく会うトリオだな、程度には認識した。それだけだった。

次に一緒になった時、突然トリオの一人が金髪になった。

驚いた。

うわー、すごーい、って。なんてゆるい校則なんだろー、って。

金髪のまま三日が過ぎて、また驚いた。

金髪がシルバーになっていた。

金よりも断然似合っていた。

前髪の下で涼しげに際立つ目元に、視線は自然と吸い寄せられた。そのまま瞬きすらもできなくなった。目を離すことができなくなっていた。

彼は知らない生き物のようだった。

初めて見た、とさえ思った。

彼の姿ならそれまで何度も見ていたのに、それぐらいいきなり彼は謎（なぞ）めいた。まるで幻か、想像上の存在か。目に見えるけど現実じゃないかも。本当にはそこにいないのかも。決して触ることのできない、別世界の不思議な生命体なのかも。私には、彼がそう見えた。

髪の色だけに目を惹（ひ）かれたわけじゃない。気だるげな動作や、ちょっと抑えた笑い声。手足が長くて、すこしだけ猫背で、俯（うつむ）く首には青く血管が透けているところ。それからやたらと綺麗な爪（つめ）。なめらかな顎のライン。私とは全然違う肩幅。他の誰とも、なにもかもが違って見えた。たくさんの人間の中で、彼だけが光って見えた。彼のなにかに気付くたびに、撃たれたほどの衝撃を受けた。一瞬ごとに、新しく気付くことがあった。その全部が、さらに私の目を惹きつけた。

そして次の三日が過ぎると、髪は今度は赤になった。

次の三日が過ぎると、紫に。

びっくりするほどコロコロと、彼の髪の色は鮮やかに変わっていった。次は何色になるんだろう。絶対に見逃したくなかった。私は毎日、彼の横顔を必死に探した。彼が友達と乗ってくるドアはいつも同じだった。

名前は知らない。年齢も知らない。私が知っているのは、どの位置からならこっそり盗み見しやすいか。ただそれだけは、よーく知っている。

それがここ。

（また黒髪とか……！　想定外すぎる！　うわー……！）

心の中で叫び続けながら、ＬＩＮＥを立ち上げる。友達に素早く打つ。『会えた！　黒髪に戻ってる！』すぐに既読がつく。『まじか』返信。『鬼のキューティクル！』既読。『さらさらか』返信。『さらさら爽(さわ)やかミント男！』既読。ほんと、さらっさら。なんでって思うぐらい、黒髪に戻った彼の髪は綺麗なまま。

『写真とか無理かね』

送られてきたその文字を見て、目が飛び出そうになる。「ばっ……」思わず声も出かける。飲んで震える。なに言ってんの、ばか。『無！　理！』既読。『試みるとか無理かね』……ほんと、なにを言ってるんだか。呆(あき)れて、既読スルーの刑に処す。盗撮なんて普通にしちゃいけない。ばれるばれない以前に、人としてのマナーだそれは。

（でも、写真か……）

そんなのあれば、見たい時に見たいだけ拡大して見られる。動画なんてあった日には、イヤホンで声もしっかり聞ける。耳の奥で響く、私だけの彼の声。「ばーか」とか。「こら」とか。聞き放題だ。そんなの想像しただけで、口から心臓が転がり出そうになる。

（やばい、すっごい欲しい……って、だめ！　だめだめだめ！　盗撮なんて絶対だめ！）

おなかに力を入れて、長く熱い息を吐く。それは超えてはいけない一線だ。いくら片想いしているからって、私が無害なＪＫだからって、だめなものはだめなのだ。

なんとか息を納め、唇を噛み締める。また横目。手に入れることができないなら、せめてこの目でしっかり見ておかないと。網膜が焦げるほど焼きつけないと。

（ああ、もっと視力があればな。４・０ぐらいあればいいのに。そういう眼鏡ないかな？　近視じゃなくても目の性能が異常によくなるみたいな……あ、双眼鏡か。双眼鏡ねえ……電車の中で自然に双眼鏡を使えるシチュエーションは……ないか。だったらいっそ離れたところの物陰からバズーカみたいなレンズで狙った方が、っていうか、あれ？　私やばくない？　段々ストーカーっぽくなってきてる？）

迷惑をかける気は、もちろんまったくない。こうして見つめているだけでいい。まあ、できれば名前ぐらいは知りたいけれど。あ、年齢も知りたい。それと、

（彼女とかいるのかな）

　これは重要だ。いるかもしれない。彼ならいてもおかしくない。でも。

（いるなら、あんないつメンのトリオでつるんでないよね。つ、ま、り……）

　いないかも。いなければ嬉しい。いないでほしい。いないでくれるなら——妄想が全速力で突っ走り始める。

（彼女のいない、さらさらミント系男子。彼はある日、いつも同じ電車に乗ってる一人の女子高生の存在に気づく。その子はずっと、ずーっと、彼の横顔を見つめてる……）

　目を伏せ、閉じ、また開き、また見る。彼は笑っている。「つか、なんでもかんでももーちゃんのせいにすんなよ」隣の友達の肩を叩いて、白い歯を溢している。

（……ついに、目が合うその瞬間。私たちはお互いに、不思議な気持ちに包まれる。ずっと前から知っていたような、遠い昔から出会うことが約束されてたような、懐かしいところにやっと帰って来られたような……そんな気がしている。すぐに惹かれあい、恋に落ちて……）

　デート。告白。恋人同士。思い出。記念日。二人だけの、特別な夜。なんてね。うおー。

頭をガンガン打ちつけたい。できるだけ硬い物体に。それぐらい、脳内に繰り広げられる妄想の展開は怒濤(どとう)だった。ひそかに悶絶(もんぜつ)するあまり、もう足元も覚束(おぼつか)ない。

（うそ、やばい、全部くっきりとビジョンが見える！　未来が見える！）

私ってすっごくばかなのかもしれない。本当に泣きそうになっている。妄想の中の私たちはあまりにもロマンチックで、ラブラブで、完璧だった。

（やがて何十年もの月日が過ぎて、彼はすっかり歳(とし)をとってるの。遠くからは波の音が聴こえる。杖をつきながら、海の傍の坂道をゆっくりゆっくり上がっていく。その隣にはもちろん……あれ？）

同じぐらいに歳を重ねて、白くなった髪をゆるくまとめた女性の姿。翻(ひるがえ)る花柄のロングスカート……って？

ちょっと待って。

（私、ロングスカートなんて絶対着る予定ないけど。この身長じゃ似合わないもん。歳を取ったらセンスも変わるのかな？）

いや、細かいことは今はいいか。とにかくこのビジョンはこう続く。

（二人は、結婚してからもずっと幸せに暮らしてきた。子供たちはすでに巣立って、穏やかな日々が続いてる。彼は若い頃の同じ話をまた繰り返してる。なにか大事なものを探すみたいに、雲の向こうを指差して、すーっと下へ落ちていく軌跡を描いてみせる。傍らには笑顔。『その話には、終わりがないわね』にっこり。で、彼はこう返す。『そうだよ。そして何度でも繰り返す』。自然に二人は手を繋ぎ、足元の二つの影も寄り添い――）

そのとき、突然電車が大きく揺れた。妄想の世界に浸りきっていたせいで、

「うわ！」

足の踏ん張りがきかなかった。

大きく斜め後ろによろめいて、バーを摑みそびれる。転ばないようになんとか体勢を立て直そうとするけれど、

「あ！　わ！　わあ……！」

だめだった。

サイドステップを踏んで思いっきり、よりにもよって、トリオの一人とぶつかってしまった。衝撃で床にスマホを取り落とし、反射的に拾おうと屈んだ拍子にサブバッグの中身もぶちまける。「ひー!?」馬鹿丸出しに叫んでしまう。「大丈夫？」誰が声をかけてくれたかなんて確かめられない。「やだやだやだやだやだうそうそなにこれどうしよう……！」わけのわからないことを呟きながら、頭の中は真っ白。泣くかも。もう

だめ。死ぬ。終わった。とにかく無我夢中、落ちた荷物を拾い集める。サブバッグに片っ端から放り込んで、スマホも引っ掴んで、とどめにもう一度、「きゃー！」今度は反対側に大きくよろめいた。転がりかけて、歌舞伎（かぶき）みたいに踏み止（とど）まる。今度はどうにかバーにしがみつく。電車が駅につくのだ。私が降りる駅だった。

「すいません……！」

振り返ることもできない。開いたドアからホームへ飛び出し、ただ逃げる。ほんとに泣きたい。もう電車変える。絶対変える。気絶寸前で走り去ろうとした私の背中に、

「あー！　ちょっと待って、そこのセーラー服！」

大きな声がぶつかった。セーラー服？　私？　足が止まる。

「それ！　俺の！」

え、と振り返る。ドアがすーっと閉じていく。ガラスの向こう、電車の中で、トリオの一人が慌（あわ）てた顔をしているのが見える。「俺のスマホ！」ドアが閉じ切って、声が消える。

スマホ？

呆然（ぼうぜん）と、両手に摑んでいる物を見やった。右手には私の白いiPhone。左手には、同じく白だけどもっと薄くて軽い……あれ。

「え、え、うそ、やだ！」

棒立ちになる私を置き去りに、ゆっくりと電車が動き出す。無情に横へ流れていく車窓を見ながら、足は動かない。なにも考えられない。

どうしよう、どうしよう、どうしよう——遠ざかるガラスの窓に、黒髪の彼が顔を近づけたのが見えた。思わずホームを走って数歩、電車を追いかける。私に向かって、口をぱくぱく開いている。声は聴こえない。なんて言っているのかわからない。指先は、私の手許（てもと）を差しているみたいだった。

速度を上げて、電車は行ってしまった。

私は一人、ホームに取り残された。どうすればいいのかわからず、ただ泣きたい気分で手の中の見知らぬスマホを見下ろした。それが急にバイブして、「わ！」驚く。

画面にＬＩＮＥのメッセージが出る。

『そのままそこで待ってて。戻るから』

送ってきたアカウント名は、健吾（けんご）、となっていた。

ホームの同じ場所で、私は本当にそのまま、一歩も動かずに待っていた。

やがて逆方面の電車が来て、ホームの反対側から三人組が降りてきた。すぐに私を見つけて、

「おー！　よかった、俺のスマホ！　ごめんな、ぶつかった時に俺も落としちゃったんだよ」

「……」

　笑顔で近づいてくる一人の後ろで、彼が、私を見ていた。

　びっくりするほど頭が働かない。操り人形になったように自然と左手が持ち上がる。握っていたスマホを持ち主に返す。ごめんなさいも言えない。言うべきなのに。

　私も、彼を見ていた。

「ていうかさっき大丈夫だった？　足とかぐきってぐねらなかった？」

「ぐねらなかった、ってなんだよ。普通はくじかなかった？　って言うとこだろ」

「え、ぐねるって言わない？　うちは言うけど」

　二人が喋る。彼はなにも言わないで、私をまだ見ている。

　そして私は、

「……あ、えーと、あの、えーと、あの、あの……」

　もういっぱいいっぱい。自分がなにを言っているのかもわからない。なにを言おうとしているのかもわからない。すっかり頭はいかれてしまったし、多分顔は真っ赤になってる。

「ねえねえ、ぐねるって言うよね？　女子だって言うだろ？」

「言わねえって。くじく、だよ。おまえんち訛ってんぞちょっと」

「うっそ。そんなん初めて言われたんだけど。ねえ健吾、ぐねるって言うよな？」

　クールな目をして、

「言わない」

彼は答える。ちょっと笑う。笑いながら、その目を固まっている私にまた向け、

「まあ、落ち着いて」

――って。

　はい、壊れた。この瞬間、精神の許容量は完全に縁を超えた。理性とか常識とか社会性とか、「あ」溢れて、「の」零れて、「あのー」無になって、「えーと」その底からは隠しようのない欲望だけが、小島の如くにょっきり剥き出しになる。

「しゃ……写真」

「え？」

「を、撮って、いいですか……って……うわー……」

なに言ってるんだろう私。ほんとにうわーだよ。どうしよう。自分にドン引きしながらも、でも口から出てしまった言葉は取り消せない。怪訝そうに彼は首を傾ける。

「なんの写真？」

じっと見てくる、その目。私の意識はもうない。自分でなにをしているのかすらわかっていないまま、人差指を彼の顔にまっすぐ向ける。

「……」

言葉は出なかった。でも、その意味するところはきっとあまりにもあからさま。

トリオの二人が顔を見合わせ、一瞬おいて、笑い出す。「え、健吾の写真を？ そんなのが欲しいの？」「つか、健吾のだけ？ 俺たちのは大丈夫？」

彼は、私を見たままちょっと顎を引いた。すごい早さで瞬きしてる。

「……まじで？」

頷く。

「……俺の？」

必死に頷く。

「……なんで？」

頷きながら、「か、髪の色の……記録……と……か……？」無我夢中で答える声は、どんどん小さく掠れた。

そうです。私が変なＪＫです。

まじ泣きたい。

　わかってる。私はいまや、全然無害じゃない。完全にやばい存在に成り果てている。普通に怖いだろう。気持ち悪いだろう。私なら逃げてる。ていうか、逃げて。逃げて下さい。半ば祈るように彼の顔を見つめるけれど、

「ああ、じゃあ」

　彼は普通に、ピースサインを向けてきた。「これでいい？」

　うそ。

　私はなにも言えないまま、ただ思う。だめでしょそんなの。写真を撮りたがる女が現れたからって、あっさりピースなんかして、撮らせちゃっていいわけない。私がどこの誰かも知らないくせに。このＳＮＳ全盛の時代にリテラシーなさすぎ。

　動けずに固まっている私を見返し、彼は「……撮らないのか？」ピースの手を下ろしかける。

「撮らないなら俺らもう、」

「はいはい健吾、動かない。おまえは表情が硬いんだよ。せっかくこんなかわいいファンができたんだから、もっとにこやかにしなきゃ。おら、ちゃんとポーズしろ」

「そうそう。こんなの一生最初で最後だぞ。ていうか君さ、名前なんて言うの？」

急に話を向けられてビクついてしまう。

「ら、邏々……」

「らららちゃん？　まじ？　本名？　名字は？　そのセーラーはどこの学校？」

「らら、……ら、が二つ、観る、波で、」

観波邏々（かんなみらら）。神宮女子の一年生。言おうとして、やっぱりやめる。口を噤（つぐ）む。もう永遠に次はないのだ。二度とこの人とは会えない。恥ずかしすぎるから、明日から電車を変える。これで最後にする。

だから、自分のことはなにも言っちゃいけない。

そう決めて、やけっぱちみたいにカメラを起動した。どうせ最後なら、もうどうにでもなれだ。どう思われてもいい。彼に遠慮なくレンズを向ける。彼はまだピースで待ってくれている。でも私は手が震えてしまって、ピントをなかなか合わせられない。

きっと気負いのせいだ。だってどうせなら最高の写真を撮りたい。一生の思い出の一枚にしたい。永遠に見つめていられる、宝物にしたい。泣きそうになりながら必死に画面を見ていると、そのとき突然気が付いた。

彼の顔は、真っ赤だった。

目を上げ、実物と画面を見比べても、やっぱり見間違いじゃない。彼は赤い。

そのことに気がついた次の瞬間、「あれ？」思わず小さく呟いていた。

「人間っぽいな……」

その呟きが聞こえたのか、にやにやと様子を見守っていた二人が「ぶはははは！それ最高！」「今のくっそうける！」同時に吹き出す。手を叩き、思いっきり身体をくねらせて苦しそうに笑う。

そんな二人を見やって、ちょっと悔しそうに眉をしかめ、

「……人間なんだよ」

彼はさらに鮮やかな真っ赤に顔を染めた。画面の中で、「しょうがねえだろ」とかすかに頬を膨らませる。律儀にピースのポーズを崩さないまま。

ずっと見ていたいのは、この顔だ。

そう思った時には、シャッターボタンを押していた。

撮れた。

心臓が大きく高鳴って、胸が破れそうになる。一度目をぎゅっと閉じ、必死に視線を上げて現実の彼を見ようとして、

「失敗だ」

驚いた。「――う、」手からiPhoneが滑り落ちる。

そこにいたはずの彼はおらず、代わりに、

「宇宙人だ！」

青く光る宇宙人が立っていた。背中にタンクを背負い、顔にマスクをつけて、叫ぶ私をまっすぐに見下ろしている。

「なにやってる、ララ。そうじゃないだろ」

どうして宇宙人がここにいるのか理解できない。あまりの事態に叫ぶこともできない。助けを呼ぶこともできない。ただ腰が抜けて、私はホームにへたり込んだ。

「同じことを繰り返したら意味がないんだ。違う方を選ばなければ、全然こんなの、なんにも意味がない。うまく写真が撮れないって言って、そのまま謝って逃げればよかったんだよ。そして二度と会わなければよかった。それなのにどうして結局また同じことを……聞いてるのか？　ララ？」

宇宙人は腰を折り、顔を近づけてくる。その目から視線を逸らせなくなりながら、やっと気が付く。

これは夢だ。夢なんだ。

「ったく……とにかく、五年先で待ってろ。俺は諦めないからな」

だって私は知ってる。

現実はもちろん、こんなふうにはならなかった。こうじゃなくて――


撮れた。

心臓が大きく高鳴って、胸が破れそうになる。一度目をぎゅっと閉じ、必死に視線を上げて現実の彼を見ようとして、

「……今のでよかった？」

その声に大きく頷いた。こっそりと深呼吸。何度か繰り返して、やっと息が整っていく。目も、上げられた。

「健吾、ちゃんと自己紹介しとけ」

「そーだぞ。お友達になってもらえよ。ひいては、寂しい俺たちみんなのためでもあるんだから」

「ああ。そっか。名前」

親指で自分を指し、

「萩尾（はぎお）健吾」

「……私は、えーと……」

「『らら』」

まだ赤い顔をして、彼は――萩尾健吾は、私の名を呼んだ。

「知ってるよ。邏々」

「……」

私たちは見つめあったまま、しばらく動くこともできなかった。

どうしてこんなに懐かしいのか。長い旅からやっと帰ってきたように、どんどん心が落ち着いていくのか。

私には、全然わからなかった。

X

＊＊＊

「え、え、待ってよ！　行くってどこに？　あの時ってどの時？」

「仲良くなって最初の夏！」

仲良くなって最初の夏。

「……うっそ」

久しぶりに会った健吾の髪、というか頭を見て、私は絶句してしまった。待ち合わせした駅ビルのイートインコーナーに、ちょっと気まずい沈黙が続く。会えたら言おうと思って用意していた何通りもの会話パターンも見失ってしまった。「えっと……まじで？」とか、あほっぽいことしか言えない。

「もういいんだよ」

「いいっていうか……ない、っていうか……」

「そんなに変じゃないだろ。涼しいし、俺はまあまあ気に入ってる」

確かに変ではない、けれど。似合ってないわけでもないけれど。ちょっと言葉を探す。

「……なんだろう……野球部の夏、って感じ？」

健吾は片手で坊主にしてしまった頭を撫で、すこしむっとしたように口を尖らせる。

「野球部呼ばわりだけはすんな。校内では常に爪先立ちで脹脛を鍛えてるとか、プロテイン代が月一万とか、ああいうノリって暑苦しいんだよ。あいつらとは永遠に相容れない」

カウンターでトレイを受け取り、テーブルに向かい合わせで座った。健吾はストローでウーロン茶を飲む。甘い飲み物が嫌いだから、なにか飲むときはいつも水か炭酸水かお茶。私はアイスカフェオレ。

「まあ……だよね。夏の野球部がそんなに白いままでいられるわけないし」

甘い飲み物が好きだからシロップも入れる。

「そうそう。もし誰かにこの頭のこと聞かれたら、寺でボランティアしてるってことにする予定」

「ボランティアの髪まで剃るとか、あったらやばい寺だよね。うける」

「ていうか邏々、そんな入れんのかよ」

「だめ？」

二つ目のシロップを投入している私の手元を見て、健吾は眉間にしわを寄せる。

「いや、甘すぎるだろ」

「いいの。甘すぎにしたいんだもん。せっかくおごってもらったし、あまーくして、全力で楽しむんだ。さらさらだと、すーっ！　って、すぐ飲み終わっちゃう」

で、飲み終わったら解散になっちゃう。私はそんなのいや。できるだけ長く、一秒でも長く、健吾と一緒にいたい。

もちろんそこまでは言わないで、胸の内にしまっておく。受験生の時間の貴重さは当然わかってる。ただ会えたことが嬉しくて、「えっへっへ……」激甘のカフェオレを飲みながら笑ってしまう。新しい髪形にも目が慣れてきた。「なんだよその、えっへへ、って」「なんでもなーい」「歯、溶けるぞ」「別にいいもーん」「よくねえだろ」いいんだ、本当に。ていうか今さらだ。歯どころか、骨も、口も、目も耳もなにもかも、私の器官のあらゆるところが、健吾の前では溶けてしまう。

あの日、駅のホームでＬＩＮＥを交換して以来、私たちはほとんど毎日のように言葉を交わしていた。電車の中でも話したし、ホームのベンチでも話したし、スマホでもメッセージを送り合った。

最初は萩尾先輩。それから健吾先輩。すぐに健吾くん。今では健吾。変わる呼び名に合わせるように、です、ますの敬語もやめていた。ごく自然にそうなった。

髪の色がなぜあの頃、あんなにもコロコロ変わったのかも教えてもらった。

健吾のお父さんとお母さんが離婚したのは、健吾が小学二年生の時。以来、健吾は基本的にはお父さんと暮らしているけれど、お母さんも近くに住んでいて、二人の親の間を頻繁に行き来する生活をずっと続けていた。

そのお母さんが、春から美容師と付き合いだした。相手はまだ若くて、一回り以上も年下らしい。健吾はお母さんが心配で、こっそりと相手のことを調べ始めた。校則では髪形は自由だったから、ビジュアル系バンドをやっていてキャラづけに迷っている男子高校生のふりをして、お父さんにお金も借りて、相手の男が勤める美容院に通いまくった。

変な奴(やつ)じゃないか。金目当てじゃないか。他の女がいるんじゃないか。お母さんを弄(もてあそ)んでいるだけじゃないか。

雑談のふりをして探りを入れること、ひと月以上。カラーリングは何千円もかかるし、頭皮もヒリヒリしてくるし、お金ももう借りられなくなって、作戦の見直しを迫られた頃。美容師はとうとう気まずそうに教えてくれた。

『あのさ、俺、最初から君が彼女の息子さんだって気づいてるから……顔似すぎだし……無理して通ってくれなくてもいいよ……ていうか、見るからに君、ビジュアル系バンドなんてやってないし……返金はできないけど……』

健吾は、それでとにかく黒髪に戻した。美容師の真面目(まじめ)なお母さんへの気持ちが、健吾のキューティクルを守ってくれたのかもしれない。

事情を知ったお母さんにも叱(しか)られて、それ以上美容師に探りを入れることはできなくなった。そして夏が来て、お母さんは引っ越しすることを健吾に告げた。

美容師の彼が青森の実家に戻ることになり、ついていくことにした。ゆくゆくは再婚することになる、と。

だからこれまでのようには会えなくなるけど、ごめんね。

そう謝るメッセージを、私も見せてもらった。

健吾はずっと、展開の早すぎるお母さんの新しい生活を心配し続けていた。受験勉強にも身が入らなくて、いつものトリオ、プラス私と一緒にいても、魂がお留守になっているようだった。健吾ってちょっとマザコンの気があるからねー。そんなふうに言われても、言い返すこともしなかった。ああ……とか、普通に頷いていた。

やがて夏休みに入ると、健吾はすぐにお母さんを追って青森に行ってしまった。いつ帰るとも教えてくれなかった。

私は、健吾がこのまま帰って来なかったらどうしようかと思っていた。まさか高三の夏休みに転校なんてするわけがないけれど、でも、そのまさかが起きてしまうのを恐れた。ＬＩＮＥのやりとりはしていたものの、当たり障り（さわ）のないメッセージしか送れなかった。健吾からはちょくちょく夏の田舎の風景や、お母さんたちと一緒の食卓の写真が送られてきた。写真の中の健吾は楽しそうに笑っていて、それがまた私の不安をかきたてた。健吾は青森の生活が気に入っているんじゃないか。私はずっと怯（おび）え続けた。

そのまま八月が来て、何日か過ぎて、やっと昨日。健吾はいきなり戻ってきた。会おうと誘ってくれたから、私は猛然とおしゃれをしてここに来た。必死に髪のツヤを出し、手足を剃って、鏡の前で朝から三時間コーディネートに迷った。ママが「静かだと思ったらあなたうちにいたの？」部屋の中を覗いてくるから、「ちょっと今、命がけなの！　邪魔しないで！」本気で唸ると、「あら」とすぐに引っ込んでいった。

そうしたら健吾は坊主になっていた……と。

「青森はどうだった？　涼しかった？」

「昼はそれなりに暑いけど、朝と夜は超涼しかったよ。向こうで長袖の服買ったぐらい」

「そっか」

「やっぱこっちの夏より断然過ごしやすいな」

ふーん。と、真正面の顔からさりげなく目を逸らす。ストローを前歯で噛んで、引き潮みたいに顔から消えていく笑みをごまかす。

だからずっと向こうにいることにした、とか、引っ越す日取りが決まったとか、もしもそんなふうに続くなら、健吾の言葉をこれ以上聞きたくない。いつも聞きたくてたまらなかった声だけど、そうなるなら耳を塞ぎたい。

「母親の彼氏の新しい美容院も見てきたけどさ。思ってたより全然しゃれた感じだった。あいつ、若いわりにしっかりしてんだなって」

「……おうちはどうだった？　ずっと泊まってたんでしょ？」

「彼氏のヤツの実家な。いわゆる田舎の、広い家だったよ。二人の新居はこれから建てるんだって。図面とか見せてもらったけど、随分いい家建てるつもりっぽい。用意した土地もめっちゃ広いんだって。向こうのじいさんばあさんも全然元気で、なんか親戚の人やら近所の人やら、やたらとご馳走持って来てくれて……あ、バーベキューの写真送ったよな？」

「うん。見た。すっごい豪華だった」

「だろ。肉の他にもウニとか帆立とか海産物ありまくり」

「真夜中にあんな写真送ってくるとか、ほんとテロでしかないんだけど」

「そうそう飯テロ。殺意わいた？」

「当たり前じゃん」

「やった。あえてあの時間に送ったからな」

「最悪」

「ていうか俺、完全にメシで釣られてるわ。田舎で暮らすのもそんなに悪くねえな、とか、普通に思っちゃったし」

「あー……」

嫌な予感がする。この方向に進みたくない。これ以上はもう冗談で返せない。会話が止まってしまう。やだ。やめて。離れたくない。一緒にいたい。まだ仲良くなったばかりだし、二人で会うのもこれが初めてだし、もっと私を知ってほしい。あなたを知りたい。

今離れ離れになってしまったら、まだただの友達でしかない私たちは、これで終わりになってしまう。

「……って、写真見ると、そんな感じだろ？　すげー楽しそうだろ？　実は、すげー険悪だったんだよ」

「え」

ストローの袋を見つめていた視線を上げた。

「もうずっと喧嘩(けんか)。飯食ってるときもそれ以外のときも、ずーっと」

健吾の目を見る。予感とは全然違う方に話は進んでいく。

「そう、なの……？」

「そうだよ。ていうか、俺は最初から、全部ぶち壊すつもりで向こうに行ったからな。相手がまともだろうとなんだろうと関係なく、再婚なんて絶対許さねえって思ってた。

だから、母親を責めた」

ちょっと芝居がかって、健吾は声を強くする。

「俺はまだ未成年だぞ！　子供を捨てるのかよ！　親父と離婚したって母親は母親だろ！　こんな遠くに引っ越すなんて無責任だ！　親なら子供の生活を最優先するべきだ！　って。延々と」

私はなにも言わなかったけれど、健吾は「わかってる」と肩を竦めた。「ガキっぽいこと言ってんなって」小さく息を継いで、「けど」また声を強める。

「俺は、間違ってはない。息子が母親といたいって言ってるのに、それを振り切って遠くに行くなんておかしいだろ。未成年の我が子よりも自分の恋愛を優先するなんてどういう母親だよ、って。でもそうしたら親父から俺に電話がかかってきて、でかいナリして子供ぶるな、おまえには無関係のことだ、とか言われて、そこから今度はなぜか親父と母親で喧嘩になったりさ。軽く、まあ……地獄？」

もう一度そこで言葉を切って、健吾はウーロン茶を一口飲んだ。そして私の目を見ながら、

「一昨日の夜とか、もう、こんな感じで。みんな」

両手の人差し指で、目から頬へ下向きに流れる筋を描いてみせる。何度もくりかえ

し。強く。みんな、の中には健吾も含まれているのかもしれない。身長一七八センチの高校三年生は、見た目は大人と見分けがつかない。でも、だからって、大人みたいに感情を押さえこめるとは限らない。

「なにが嫌って……別に、本気で『ぼくママと離れたくない』って話じゃねえよ。ただ、なんか、母親にとって、最優先事項は俺ではないってことを突然わからされた、っていうか……ほんとすげえ子供なこと言ってんな。でも、自分のことを絶対に一番大事にしてくれてるって信じてたかった存在が、実際はこの世のどこにもいなかったって感じで……それはなんか結構、終わった、って感じがしねえ？　すぐには受け入れがたくねえ？　そりゃ親父はいるけど、なんかちょっと違うし」

言いたいことがわかるか？　と、その目が訊ねてくる。私は健吾のお父さんのことはなにも知らない。でも、とにかく健吾自身にとっては、お母さんとはまったく違う種類の存在だってことだけはわかる。小さく頷いてみせる。

「で、そうやって揉めてるうちに、そこまで言うならおまえがこっちに来いやって話になったんだよな」

「えっ⁉」

「な。えっ、だよ。まじで」

「いや、だって……学校どうするの。無理だよ普通に、絶対」

「だろ。だからそう言った。俺にも生活がある、今さら転校とかありえないし、受験もあるし、引っ越すなんて絶対無理って。スマホの写真見せて、友達とかもいるしってやってた時、あれが出てきた。邏々に送ってもらったやつ」

「あれ、って」

「邏々が撮った俺の写真」

　見なくても、すぐに思い浮かぶ。

　ホームで撮らせてもらったあの写真の中の健吾の姿を、忘れることなんて一生できない。思い浮かべるのに、目を閉じる必要さえない。

「それ見た途端、いきなり色々思い出した。頭の中にマグマみたいに、ぶわーって。覚えてる？　おまえ、あの時俺になんて言ったか」

「写真を撮っていいですか、って……」

「違う、その後。邏々は俺に、『あれ、人間っぽいな』って言ったんだよ。その声がくっきり蘇（よみがえ）って、そしたら俺も、あれ、って思ってた。泣いて怒って喚（わめ）いてる母親を見て、急に、人間っぽいな、って感じた。ていうか……人間なんだな、って。命を一つしか持ってない、一回しか生きられない、この世に一人しかいない、そういう人間。

それまでそんなの考えたことなかった。母親がただの人間だ、なんてさ。それはしょうがないことで、それをやめろとか、かえろとか、誰にも言う権利はないんだよな。たとえ子供でも、相手が親でも。まじで、生まれて初めてそう思った。それで、もう帰ろうって思ったのが昨日。で、今、ここにいる」

「……お母さんのことは、もういいの？」

「もういい」

言い捨てるように強くそう言って、でも健吾はもう一度、もっと静かな優しい声で「もういいんだ」と言い直した。そっちがきっと、本当の気持ちなんだろう。

「人間が人間として生きていくのに、誰かの許しなんかいらないだろ。で、帰りの電車に乗る前にあいつの美容院に寄って、俺のことはもう気にしないで欲しい、って伝えて、それだけじゃなんだからついでに頭をこれにしてもらった。暑かったしさ。カラーも飽きたし。タダでやってくれるって言うし。笑えるよな」

口を笑う形にして、白い歯を見せながら、健吾は急になにかが迫ってきたみたいに素早く目だけを閉じた。また両手の人差し指で目蓋（まぶた）をぎゅっと押さえつける。ふざけたふりで、そのまま話を続ける。

「まじ、笑えるんだけど……もういいって言いながら、でも本当は俺、まだなにかを期待してるのかな。邏々にこんな話してる時点で、なにかを求めてんのかな。なにか、なにか、って必死に欲しがって、でもなにかってなんなんだよ。いつになったら、俺はなにかを探さないですむんだよ」

その声を聞きながら、私は健吾の方にそっと指を伸ばした。

「俺はだいたい常に、なにかが足りてないっぽい。ガキんときからそうだった。いつもなにかからひっぺがされてきたっていうか、こうしてたいってしがみついたところから力ずくで引き剝がされるばっかりの人生っていうか、ここにないなにかを探してばっかりで……とにかく、俺は、なんか、全然……なんだろうな」

強く目を押さえている、その手に指が触れる。肌に触れたのは初めてだった。手首を摑んで、引き寄せる。

健吾は素直に手を預けてきながら、でもまだ目を開かない。

「邏々は、いっぱい持ってるよ。いつもいっぱいに持ってる。会うとき、話すとき、いつもそう思う。なんでかわからないけどそう思える。だから俺は、こんな変なことも、邏々になら話せる」

「変とか思わないよ」

「変だろ。ていうか俺、意味わかんなくないか」

「……わかんないところもあるけど、でも、別にいい。健吾が話してるの、聞いてるの好きだから」

「まじかよ」

「うん。だからもっと話して。もっと、ずっと、聞いてたい」

イートインコーナーのテーブルの上で、私は健吾と手を重ね合わせ、目を開いてくれるのを待った。

「なにか言って」

「……寂しい」

「うん」

「寂しい」

「うん」

「寂しい……し、」

薄い唇が、くしゃっと曲がる。笑ったのかどうかは微妙だった。

「俺はきもい」

その声が揺れるのも聞いてる。

「まあね」

「……きもいよな。やっぱ」

「でも好き」

「そうかよ」

「好き」

「……邏々が、ここにいてくれるから。俺には邏々がいるって感じられるから、だから、帰ろうって思った」

「じゃあ、いてよかった。私、いられて嬉しい。健吾が帰ってくるのを、私はここで、一人で、なんにもできないで、ただずっと待ってた」

健吾はゆっくりと目を開いて、

「なんだよそれ」

私を見て、いきなり吹き出す。

「なんだろうね」

顔を見合わせて、私も笑った。

「雨が降っちゃった」

その雨は、私の目から頬にかけて、強く降った。どうしてかは自分でもわからない。

理由とかも考えない。ただ、降ってしまって、もしかしたらマスカラの黒い筋を流している。

そうなってたら悲惨だけど、指でそれを拭うより、今は重ねたままの健吾の手の体温を感じていたかった。冷たかった手の平は、少しずつ熱くなってきている。

「……邏々がいてくれてよかった」

「ずっといるよ。ここにいる。一緒にいる。私は健吾と、これからもずっと、ずっと……」

手を、どっちが先に握り締めたんだろう。とにかく私たちは強く手を握り合って、引っ張り合って、お互いの体重を預け、預かった。身体を寄せた。素早く辺りを見回して、誰もこっちを見ていないのを確かめてから、テーブル越しに唇を触れ合わせた。

本当に一瞬のことだった。

でもそのたった一瞬で、自分のぜんぶと、健吾のぜんぶが、ひとつのぜんぶになった気がした。過去の私はこの一瞬のためだけに生きてきたし、未来の私はこの一瞬のためだけに生きていく。

他にはもうなにもいらない。

震えながら閉じていた目蓋を開いた。そして、

「……う!?　わあ!?」

驚きのあまりに椅子（いす）から転げ落ちそうになる。慌ててテーブルの縁を摑んで、でも耐えられなくて、結局テーブルごと床に無様に転がる。

私の目の前には確かに健吾がいたはずなのに、

「宇宙人だ！」

青く光って、顔にはマスク。背中にタンクを背負って、そこには今、宇宙人が立っている。

「失、敗、だ」

一言ずつ、声を投げ落とすように区切って言いながら、宇宙人は近づいてきた。後ずさりしながら、必死に手の甲で口を拭（ふ）く。宇宙人はそんな私を責めるような目で見下ろす。

「これじゃまた、なんにも変わらないだろうが。どうして変えられないんだ？　同じ失敗を、なぜ繰り返す？　幼稚でうざったい自己愛野郎なんか放っておけばいいんだよ。シカトして置いて帰ればいい。なのにララ、どうしてなんだ？」

そう言われても、私にはなにもわからない。辺りには他に誰もいなくて、宇宙人の声だけがイートインコーナーに響いている。

「おまえは、鳥山だ」

「……ち、違う……」

泣きそうになりながら必死に、「私は観波……」言い返す。でも宇宙人にはスルーされる。

「もうドラゴンボールを描くな。描くべきは、コボちゃんだ。変えなければ意味がないんだ」

生まれたての仔馬（こうま）みたいに、膝（ひざ）が震えて動けない。逃げることもできないまま、私はやっと気が付いた。

これは夢だ。夢なんだ。

「わかったか？　もう失敗するなよ。ほら、次に行くぞ」

だって私は知ってる。

現実はもちろん、こんなふうにはならなかった。こうじゃなくて――

震えながら閉じていた目蓋を開いた。そして、

「邏々」

健吾の声を、身体のぜんぶで聞いた。

「俺はもうここにしか帰れない。遥々がいなくなったら、絶対に探す。どんなに遠く離れても絶対に見つける。必ず迎えに行く。光の速さでまっすぐに。どこまでも、何度でも、死んでも諦(あきら)めない」

言葉はもうなにも出なくて、何度も何度も頷いた。

「それでいいか……？」

いい。

それがいい。

頷くたびに、また新しい雨が降った。

どうか、この雨を覚えていてほしい。離れ離れの時には雨を降らして健吾を呼ぶから。雨のにおいがしたら私を探して。他の誰でもない、健吾に見つけてほしい。どこにいても、どんなときでも、私は健吾が探しに来てくれるのを待ってる。

ずっと待ってる。

X

＊＊＊

「え、え、待ってよ！　行くってどこに？　あの時ってどの時？」

「付き合って次の年、離れ離れになってから！」

付き合って次の年、離れ離れになってからは——数えればまだ四か月ってところ。

こんなに早く、二人の関係に試練が訪れるとは思っていなかった。

友達の言葉が耳にしつこく蘇る。『それってすでに終わってない？』『どうせ向こうは楽しくやってんだよ』『一人暮らしの大学生が遊ばないわけないし』『先輩に聞いたけどサークルの飲みってエグいらしいよ』『もう忘れちゃいな』……そんなわけない、と言い返すたび、聞きたくない言葉が二倍三倍になって返ってきた。最近はもう言い返すのをやめた。ただ、心の中だけで思ってる。

（そんなわけない。だって健吾だよ？　私の彼氏。私は健吾が大・大・大好きだし、健吾も私を……）

思ってはいる。けれど。

息をついて、握り締めたままもう何分も動かせずにいたシャーペンを放り投げる。カフェの小さなテーブルの向こう端まで、コロコロと音を立てて転がっていく。開きっぱなしの教科書のページは全然先に進んでいない。目の焦点が文字に合わない。ドリンクはすっかりぬるくなって水滴がグラスを濡らしている。試験勉強をしなきゃいけないのに。そのためにお小遣いから五百円近くも出して、一人でカフェに入ったのに。

現実は、結構厳しい。

（……健吾も私を、好きなんだよね？　信じてていいんだよね？）

ぼんやりとノートに目を落とす。余白にはびっしりと、ぐるぐるの渦巻き。授業に集中していなかった証拠だ。ぐるぐるはやがて混乱を極め、右へ左へ迷走し、行きつ戻りつの螺旋を描き、ごしゃごしゃの線の塊になりながらページを無駄に汚して、やがてぷっつりと途切れている。居眠りでもしたのかもしれない。

健吾が進学のために地元を離れたのは、三月末のことだった。

その時は、お互いになにも心配なんてしていなかった。スマホがあれば話もできるしLINEもできるしFaceTimeもできる。どうしても会いたくなったら週末に帰ってきたっていい。新幹線に乗れば一時間半の距離だ。「そんだけのことだろ」そう言って、健吾は笑った。

だよね。ていうか離れることが不安になるのは絆が弱いからだよね。私たちは大丈夫でよかった。そう言って、笑ったのは私。

あの夏休み、イートインコーナーでキスをして、私たちは付き合い始めた。それからずっと、私は幸せだった。ちょっとやそっとのことではこの幸せは壊せないと思っていた。

それが、案外簡単にこのザマなのはなんなんだろう。

約束した時間に連絡をする。たったそれだけのことを、健吾は守ってくれない。電話できないなら、ＬＩＮＥで一言そう送ってくれればいいのに。どうしてそれすらしてくれないのか。連絡がない時、健吾がどこにいるのかわからない。なにをしているかもわからない。やっと連絡がきて、なにをしてたのか訊けば言い訳。寝てたとか、飲んでたとか、友達と一緒でとか、勉強してたとか、スマホ忘れて出かけてたとか、外だからあんま話せないとか、これからバイトだとか、眠いからまた明日とか。そして、その明日になったらまた行方不明とか。

私はなにも難しい要求はしていない。ただ、毎日ちゃんと声を聞いて、顔を見て、その日あったこととか、次の日にすることとか、こうして離れて暮らしていることがどれだけ寂しいかとか、どれだけお互い強く想い合っているかとか、そういうことを話してから眠りたいだけ。離れていても心は一緒にいるって感じていたいから。私はそういう気持ちだし、健吾にも同じ気持ちでいてほしい。

ただそれだけのことが、なんでできないんだろう。なんでこんなに私を悩ませるんだろう。

（こんなルーズな人じゃなかったのに。大学生活が楽しすぎて、健吾は変わっちゃったの？　もう私のことが大事じゃないの？）

また息をついて、消しゴムをじっと見つめる。白くて、四角くて、噛みつきたい。

この弾力感、前歯で食いちぎってやりたい。口の中に入れるかわりに、指先でテーブルの端まで弾き飛ばす。なんでなんでと考え続ける。ぐるぐる、答えは出ない。昨日も定時連絡はすっぽかされた。なんで、のループが心の中で螺旋を描く。やがて答えのかわりに、別の見方ってやつが思い浮かんでくる。

（変わったっていうか、私は実は、そもそも健吾がどんな人間かってことをちゃんと知っていなかっただけなのかも）

付き合うことになってすぐ、健吾は我に返ったみたいに受験勉強を始めた。すでに高三の夏だった。もちろん出遅れていた。私はいつも、勉強の邪魔にならないように気を付けていた。自分を抑え、我慢した。どんなに一緒にいたくても、べたべたと何時間も外で遊んだりなんてしなかったし、どんなに声が聴きたくても、連絡をするよう無理強いもしなかった。返信がなくても、勉強に集中してるんだな、とかえって安心した。

私はずっと、そうやって健吾を応援していた。健吾は私の応援を喜んでいた。邏々がいるから頑張れる、と、何度もそう言ってくれた。本気だったと思う。

ただ、スタートが遅かった分、結果は芳しくなかった。まずセンター試験で本人曰く「ありえねー……」ことになり、第一志望だった地元国立大の前期は「ああー……！」足切り、私立も次々に「んああー……！」落ち、国立の後期は「……うあ、おああ……っ！」志望校のレベルを下げざるを得なかった。それでやっと、通えない距離の地方国立大に「やった！　やったよ邏々、浪人回避だ！　フー！」なんとか引っかかった。健吾は一人暮らしをすることになった。

思えば、一年近い交際期間の大半は、健吾の受験勉強を最優先にして進行してきたのだ。そしてその後は、離れ離れで暮らしている。私たちはお互い、相手のことをちゃんと理解できるほど、一緒になんかいられていなかった。

私は健吾が変わってしまったように思ってる。おあいこに、健吾も私が変わってしまったように思っているのかもしれない。

ＬＩＮＥに残された、これまでのやりとりをぼんやりと眺める。

ちゃんと連絡してよ、って私が怒って、健吾はそのたびに謝ってくるけど、行動は変わらない。私はますます怒って、そしてそんな私が多分うざったくて、健吾はますます連絡をしてくれない。話し合いたいから週末帰って来てよ、と私が頼むと、「試験期間に入るから無理」と。「邏々もそろそろ期末だろ」でも土日ぐらいいいじゃん。「本当に無理なんだよ」日帰りしてもいいから。「金がない」お願いだから会いたいの。「時間的にもまじで厳しい」なんで。どうして。ちょっと。返事してよ。スルーしないで。もうやだ。ひどい。

そんな感じ。

私は健吾が好きで、好きだから常に存在を感じていたい。いつでも健吾の隣にいたい。私の右側は健吾の場所なのだ。健吾の左側は私の場所。健吾が一緒にいてくれなくては、その世界にはなんの意味もない。なにも存在していないのと同じ。私はそんな虚(むな)しい無の世界にたった一人で置き去りにされてしまう。そんなの生きているとはいえない。息すらできない。そんな世界には呼吸できる空気がない。

だからこんなに必死なのに。

（……もしかして、必死なのは私だけ？）

友達は、『ちょっとクールダウンしなよ』と私に言った。『あんたは今、自分を見失ってる』とも。『同じ気持ちでいろ、って怒るってことは、実際のところ同じ気持ちじゃないって自分でもわかってる証拠じゃん』とも言われた。

その時は意味わかんないし、と思っていたけど、今はわかるかもしれない。本当に、そうなのかもしれない。

ていうか、そうだ。

私と健吾は違う世界にいる。

自分でも、実は、そんなのわかってる。

つまり答えはもう出てる。

（必死なのは……私だけ）

驚きはしなかった。ただ、高いところから自由落下するように、そう思った。落ちていく先は、きっと苦しくて悲しくて寂しい。こんなの長くは続けられない。もう無理だ。どうせ最後には叩（たた）きつけられるのなら、それで終わりなら、これ以上迷うのも悩むのも無駄なことだ。

テキストの入力欄に、文字を打ち込んでゆく。

『私たちは今、いい状況じゃないみたい。悲しいけど、この先どうしていいか、ちょっとわからなくなってる。もしまだ』

やめて、最初から打ち直す。

『考えたんだけど、もしまだ私のことが本当に好きなら、』

これもやめた。試したいわけじゃないのだ。なにかを盾に、言うことをきかせたいとかでもない。本当に訊きたいことはたった一つだ。

『そこで息ができる？』

これだけ。

文字を打ち終わって、送信ボタンを、でも、押せない。

訊かれる。健吾にとってはこんな言葉、意味不明に決まってる。どういう意味？　ってきっと訊かれる。そうしたら私は、その意味を説明することになる。私たちは一緒になんていない。同じ世界を見ていない。同じ世界にいない。私は一緒にいたかった。そうではない今、ものすごく苦しい。ここでは私は息ができない。もう続けられない。こんな世界にはいられない。

（で、さよなら、って）

それで終わり。

健吾の答えは知っている。答えはもう出てる。やりとりの最後には結局、終わりに辿り着く。一旦発してしまえば、後はどういうルートを辿っても行きつくところは変わらない。これはそういう意味の言葉だった。

自分がなにをしようとしているのかはっきりとわかって、鼻の奥が痛くなる。目の前の景色が滲む。所詮、十代の恋だったってことなんだろうか。どんなに大事に思えても、まだ本物には育てられなかった。指の背でこっそりと溢れてきた涙を拭う。

そして送信ボタンに触れようとしたそのとき。

着信がきた。

「……！」

驚いた。

約束した時間でもないのに、というか約束していたってかけてくれるとは限らないのに、こんな時に限って健吾からだった。なんで、なんで、なんで。迷う間もバイブは止まない。きっと声を聞くべきじゃない。この電話には出ないで、落ち着いて、そしてメッセージを送信するべきだと思う。

思いながら、でももう一度、画面の中の健吾の顔を見てしまった。私を呼ぶような着信のコール。幻の腕が伸びて来て、幻の手が伸びて来て、幻の指が私を捕まえに来る。その瞬間、心の中にぐるぐると描き続けた渦巻きがあっさりと解けていってしまう。線はまっすぐ、健吾に向かって伸びていってしまう。届いて、と叫ぶみたいに。

気づいた時には、私は電話に出ていて、

「健吾……！」

名前を呼んでいた。でもその耳に、

「失敗だよ。また」

言葉は、そう聞こえた。「え？」なにかの間違いかと画面を見直す。そこには、さっきまでの制服のコートを着て笑う健吾の顔ではなくて、青く光る宇宙人の顔があった。「う、」マスクをしている。「宇宙人だ！」意味のわからなさに、叫ぶ声が震える。

「なんで宇宙人が私に電話をかけてくるの!?」

「ララ、おまえはまた、失敗したんだ。友達の忠告も聞かずに。同じ失敗を何度も何度も。そして今度もまた、繰り返した」

「いや待って、ちょっと、ていうかうそ、え、全然意味がわかんないし」

「次に行くしかない。ここはもうどうにもならない。でも俺は、絶対に諦めたりしないから。おまえが違う方を選ぶまで、俺はやめない」

「いやいやいや、ていうか、ていうか……あ、そうだ！　わかった」

これは夢だ。夢なんだ。

だって私は知ってる。

現実はもちろん、こんなふうにはならなかった。こうじゃなくて——

「俺だって知ってるよ。この先は、心からの謝罪と、お互いを理解する新たなる努力、行き違った気持ちの整理を経て、『この』おまえもどうせ四年後に俺と出会うんだ。なぜなら、こうやってまた失敗したからな。そういうわけで、ララ、起きろ。目を開けろ」

X

改札口に現れたその姿を見て、私は走り出していた。

健吾も私に気が付いて、大きなバッグを揺らしながら走ってくる。思いっきりの笑顔で自動改札を抜けて、そして、

「邏々！　ただいま！」

「おかえりー！」

腕を広げてくれる。その胸の中にまっすぐ飛び込む。「ぐふっ」とか言っているけど、手加減しない。体重を全部預けて、両腕に思いっきり力を込める。子供みたいに体温の高い、健吾の身体(からだ)を抱き締める。顔を押し付け、思いっきり春の匂(にお)いをかいで、

泣きそうになるのをグッとこらえる。人が見ていたって構わない。会えたのはお正月以来なのだ。

駅前の桜はちょうど満開だった。例年よりも開花が随分早かったせいで、私たちの代は昨日、舞い散る花びらの下で卒業式を迎えられた。来月からは、私も花の女子大生だ。

クラスの子たちは今頃、みんな制服で集まってカラオケをしている。昨日まではただの制服だったけど、今日からはコスプレ。私も誘われていたけれど、パスしてここにいる。カラオケに参加している友達からは、さっきからひっきりなしに楽しそうな写真が送られてきていた。『他校の男子も来てるよ〜！　前からあんたと話したかったって奴もいるけど、本当に来られない？　顔出すだけでも！』そんなメッセージもあった。

行けないのは、今日は健吾を迎えに来たかったから。だいたい卒業と言ったって、仲のいい子たちはほとんどみんな、同じ大学に内部進学するんだし。行きたい場所がここより他にあるわけがない。私には、健吾がいる。私はいつだって健吾を選ぶ。

服の背中を思いっきり摑(つか)んで、「会いたかったよー！」声も上ずってしまう。

「ほんとにほんとに、すっごく会いたかった！　春休み中はずっとこっちにいられるんだよね？　話したいこといっぱいあるし、行きたいところもたくさん！　ママもうちにご飯食べに来なさいって！」

浮かれて喋る私の耳元に、その時、

「……失敗だ」

「え？」

驚いて身を離す。化粧が服についてしまった？　でもファンデは塗ってない。今日はアイメイクをちょこっとしかしてない。なにが失敗なのか訊こうとして顔を見上げ、

「う⁉」飛び退る。そこにいたのは健吾じゃなくて、

「宇宙人だ！」

青く光る宇宙人だった。顔にマスクをつけて、タンクを背負っている。

「ララ……」

「やだ、来ないで！　健吾？　健吾！」

健吾はいない。辺りを見回しながら後ずさりする私に、宇宙人はまっすぐ歩み寄ってくる。

「だから、これじゃ、意味がないんだよ。この時、おまえの友達は男も呼んで盛り上がってたんだろう？　新しい出会いがあったかもしれないよな？　本当に結ばれるべ

きだった相手は、そっちにいたのかもしれない。それが正しい運命だったのかもしれない。なのにどうして、またここに来てるんだ？　どうしても、やり直すたびに忘れてしまうのか？　そうなのか？」

その、私の中を探るような目。これじゃだめだと言いたいみたいに、小刻みに左右に揺れる首。声にも歩き方にも不穏な空気しか感じない。

「意味わかんないし！　こっち来ないでってば！　やだもうなんなのこれ!?」

「やるべきことを、どうか思い出してくれ。おまえにはわかってるはずだ。このままじゃなにも変わらない。頼むから、違う方を選んでくれ。変えるんだ、ララ。俺たちは、違う結末に進んで行かないといけないんだ。これじゃだめなんだ」

肩を摑まれそうになり、悲鳴を上げて逃げ出した。夢中で走る背中を声が追ってくる。

「ララ！　俺は諦めないぞ！　おまえが違う方を選ぶまで、何度だって繰り返すからな！　次だ！　次で待ってろ！」

これは夢だ。夢なんだ。

だって私は知ってる。

現実はもちろん、こんなふうにはならなかった。こうじゃなくて――

X

『そろそろ寝るね』

『はいよ。よく寝ろ』

『ちなみに健吾はいつ寝るの』

『すでに徹夜決定してる。やること多すぎて寝る時間ない』

『まじか。教育実習ぱねー。やっぱりすっごい大変なんだね』

『大変なんてもんじゃねえよ。命に係わるぞこれ。今日とかほんとやばくて、お兄さんせんせークイズ出しながら鬼になって追いかけてーって言われて、いいぜーって炎天下、クイズ出しながら鬼やり続けて、三十問めぐらいで目の前が真っ暗になって、全身ががくがくになって、手が震えるから給食すら食えなくなって、残そうとしたら指導の先生にクソ怒られて、もう意味がわからない』

『うわー。ポカリ忘れずに』

『水筒持ってってる。あと俺には板書の才能がないって言われた。板書に才能ってある？　今まで出会った教師で、板書に才能を感じたことってある？　俺はどうすればいいの？　絵心とかないんだけど』

『それ単に字が汚いって意味じゃ？』

『あーそっち』

『ていうか小学生は板書なんて真面目に見ない。いきおいでのりきって』

『わかった。のりきる。じゃあおやすみー目がいてー』

『まって、目が痛いの？』

『なんか疲れ目？　煙い？？　みたいな感じでさっきから染みてかすんでる。でもまあ教材作成つづきやるわ』

『まってまって、さっきなんか食うとか言ってたよね？　それどうした？　台所みて』

『見てきたうおー！』

『？？？』

『あぶねー！　鍋焼(なべや)きうどん忘れてた！　火にかけたまま空焚(からだ)きになってた！　今ガス切ってきた！　炭化してた！』

『えー！　なにしてんの！』

『邏々いなかったら火事だった！』

『きゃー！　だめじゃん！　気をつけなきゃ！』

『失敗』

『あれ？』

『次』

『まってまってまって。そのアイコンなに。ていうか青いし、うそ、あなた』

『次いくぞ』

『宇宙人だ！』

X

私の小さなバッグを見て、「あれ？」健吾は意外そうに眉(まゆ)を上げた。

「傘、持ってくるかと思ったのに」

「今日はいらないでしょ。ていうか健吾も持ってないじゃん」

「いや、邏々が折り畳み持って来ると思って油断した」

「人任せだなー。天気予報では降水確率二十パーセントだって。ママは持ってけって言ってたけどね」

見上げた空の高いところにはいくつか雲が浮いていて、早い速度で流れていく。でもその隙間(すきま)からは青空が見えるし、お日様は眩(まぶ)しくて、天気が崩れるような感じはしない。今日のデートはすこし遠出する予定だった。

「まあでも大丈夫でしょ。なんにしても、夜になってからいきなりザーザー降り出して、雨宿りしてるうちに電車も止まって、足止め食って、家に帰れなくなっちゃったりはしないよ。ほら、いこ健吾」

「……」

「な、なに……？」

さっきまでにこにこしていたのに、健吾は突然むっつりと押し黙ってしまった。

「……あれ？」

腕を絡めていた相手は、確かに健吾だったはず。でも「う、」今、私の右側には、

「宇宙人だ！」

青く光ってマスクをつけ、タンクを背負う、宇宙人が立っている。ゆっくりと顔を傾け、右隣から私を見下ろし、宇宙人は言う。

「——失敗だ。ここでも。また」

X

「もうママは下に行っててよ！」

「だめよ、まだ話は終わってない」

「やだ！　終わり！　出てって！」

「あなた、親の家に住みながら親を締め出すつもり？　そんな理不尽な行動は到底許容できない」

「はいはい、いいから出て出て出て！」

「あ、ちょっと！」

ぐいぐい半身で部屋に入ってこようとするママを腰で思いっきり押し返し、

「邏々！」

「うるさい！　私のことはほっといて！」

勢いよく襖（ふすま）（襖……！　いまだに！　いまどき！）を閉じ切る。愛用のつっかえ棒を斜めに入れてしまえばもう外からは開けられない。

「俺のせい？」

健吾は私の古びた学習机の椅子にちょこんと腰かけて、ママがまだ立っているに決まってる襖の向こうを指した。椅子はまるでミニチュアに見える。

「違う違う」

私が言うのにかぶせるように、「違うわよ健吾くん」廊下からママの声。「邏々の考え方が幼いせいよ」と声は続く。ほんっとむかつく。

「下に、行って、ってば！」

「わかったわよ。じゃあ後で話し合いましょう。今のあなたの態度は冷静さを欠いてるし。お客様に聞かせるには内容的にも雰囲気的にもふさわしくない会話だしね。あなたの社会的体面を母親として守ることにするわ」

「へーうっそー、ありがたーい！　さっすがママ、理解があるよね！」

足音が階段を下りていく。やっと行った……と息をつきかけると再び上がってきて、

「遅々、あまり遅くならないようにね。起きて待ってるから」
「フェイントやめて！　つか、待ってなくていい！　明日も早いんでしょ！　……っ
たくもう！」
今度こそ、下りていく。苛立って私はもうキレかけ、
「なに!?　あれ！」
くるっとその場でターン。去って行った足音の方を指さして見せる。むかつくあま
り全身がわなわな震えてくる。多分顔も真っ赤になってる。
「なにって。あれはおまえのママだろ」
健吾はバンドTシャツにゆるゆるジョガーパンツという極限までリラックスした恰
好で、そんな私をにこやかに眺めている。片手でスマホ。共感はしてくれてないみた
いだけど、最近ベリーショートにした髪は最高に似合っててかっこいい。でもそんな
かっこよさでも私の苛立ちを抑えることはできない。
「そうだよ、うちのママ！　あの人、ほんっと、意味わかんなくない!?　昔っからま
じで意味わかんないの！　理解できない！」
ファミレスのアルバイトをたった一日、どうしても休みたかっただけ。だから弱々
しく声を作ってお店に電話して、急に熱が出ちゃって、と言い訳した。そうやって私

は今日、夕方からのバイトをずる休みした。

ただそれだけのことだった。

もちろん、自分でもよくないことだってわかってる。迷惑をかけてるのもわかってる。店長にも、同じシフトのみんなにも、申し訳ないって本気で思ってる。でもどうしても今日は、どうしてもどうしてもどうしても休みたかったのだ。

健吾は今年の春、地元に帰って来て、小学校の先生になった。

健吾がずっと夢見てきた仕事は信じられないぐらいに忙しくて、帰りも遅いし、週末にも持ち帰りでやらなきゃいけないことがどっさりあった。のんびりデートなんて全然できない。それでもこうして近くに住んでいれば、今日みたいに急に健吾に時間ができたとき、突発的に会うことができる。そのためにならシフトを入れてしまったバイトのずる休みぐらい私はする。健吾に会いたいもの。それぐらい、平気でする。同じ状況なら、次も、またその次も、するに決まってる。これまで丸々四年間、たったそれだけのことができずに我慢していたんだから。

ママはそんな私を、無責任すぎると責めた。

仮病でずる休みしたのを知って、『今からでもお店に行って自分のしたことを謝罪しなさい』と。『そしてシフト通りに働いてきなさい』と。そこまで言った。

なにそれ、そんなのかえって変だし、だいたい代わりの人はもう入ってる。ていうか仮病ぐらいみんな使ってる。逆の立場の時は私がシフトに入ったりもする。こういう時はお互い持ちつ持たれつなの。そう言い返したけれど、ママには通用しなかった。『他の人の振る舞いが、あなたの責任の範囲にどういう影響を及ぼすと？』
私の気持ちはもちろんとっくに話した。でも、『だったら最初からアルバイトなんてしなければいいのよ』と。だってお金が必要だし……『生活費も学費も全部を親に頼ってて、そのほかに必要なお金とはどういう費用？　説明して』でも、でも、健吾は大変だし、そんな健吾が大好きだし、私はとにかく負担になりたくなくて……『確かに、健吾くんは責任ある仕事をしてる。だからこそ、あなたも社会に責任がとれる人間にならないといけないの。健吾くんのパートナーとしてこの先もともに歩むつもりなら、健吾くんを待ってるだけじゃだめ。それじゃ、ただのお荷物よ。健吾くんは優しいから、どこへでもあなたを迎えに来て、そしてどこへでも連れて行ってくれる。あなたがただ待っているだけの人間でいる限り、健吾くんはあなたに縛り付けられ続ける。あなたにはちゃんと、自分の足で、自分で選んだ道を、進んでいく力があるのよ。それを忘れないでほしいの』
なにそれ⁉　なんでそういう話になるの⁉　ていうかお荷物とか、ひどくない⁉

私そんなんじゃないし！　ていうか就活の準備だってちゃんとやってるし！　私だって色々考えてる！　なんでそんなことママにいきなり言われなきゃいけないの！

『とにかく、あなたは今日、ずる休みなんかするべきじゃなかったとママは思う。時間が経てば、あなたにもわかるはずよ』

　そうこうしている間に健吾が私を迎えに来たから、ママもやっと一旦は引いてくれた。でもわかっている。これで話を終わりにしてくれるわけがない。健吾が帰ったらその後ずーっと、延々と、私は自分の無責任さについてママの演説を聞く羽目になる。

　――なにがむかつくって、

「そりゃ、正しいよ……！」

　そこだ。スマホを膝に置いて、健吾は優しい目をして私を見た。

「ママはいつだって正しいもん！　きっと今日も正しいだろうね！　先のことまで予知したみたいにわかってて、本当のことしか言わないもん！　……それが、本当に、むかつくんだよ！」

　正しくないとしても、たまには私の気持ちの味方になってくれてもいいじゃない。間違ったとしても、私の選択を受け入れてくれてもいいじゃない。未来の世界には後悔している私がいるのだとしても、そのときはただ、優しくしてよ。慰めてよ。たまにでいいから、そうしてよ。私という人間には間違えたい時もあるってわかってよ。そう思うのに。

「ママは、私の気持ちを全然わかってくれてない！」

どうしてわかってくれないのか。

「落ち着け、そんなに怒るなよ。いいお母さんじゃん。ちゃんと傍にいてくれるしさ」

「いないよ！　全然だよ！　仕事ばっかりだよ！　出張で何週間も海外に行っちゃうこともあるし！　私は小さい頃からずっと、いっつも、ママが帰ってくるのを待ってばっかりだった！」

「そうやって仕事してくれてるからこそ、邏々もこうやって生活できてるんだろ。それは充分、傍にいてくれてる、ってことに勘定していいと俺は思うよ。ちゃんとそこは感謝しないと」

「感謝はしてるってば！　でもそういう問題じゃないの！　ママは、ほんっと、なんていうか、このわからなさはもう、なんだろう、人間離れしてるっていうか、私とは全然別の時空、別の星から来たっていうか……そうだ。あれは――」

思いついて、確信する。完璧。それだ。

「宇宙人なんだよ」

はあ？　と声を上げて、健吾は笑う。「なに言ってんだか」

「いや、そうだよ。絶対にそう」

そうだとしか思えない。正しいことと真実しか言わなくて、未来を予知する力を持つ謎（なぞ）の生物。遠い空の彼方（かなた）からやってきて、お待たせーって目の前に現れる。そういう存在。つまり、宇宙人。人間じゃないならまだ納得できる。

「これでやっと謎が解けた。怪しいと思ってたんだよね、生まれてこのかた二十年」

「あのさ、宇宙人って、自分の母親だろ？　母親が宇宙人なら娘のおまえはなんなんだよ」

「私はパパのクローンだもん。……なんて、もしママに言ったら大変。『生殖とは』とか『DNAとは』とか、絶対始まる。小一時間。そしてラストはこれ。『ロジックが破綻（はたん）してる』きりっ。あーあ、私にもこれぐらいの未来予知ならできるんだよ。はっ、これってもしや遺伝？　やっぱり私にも半分は宇宙人の血が？　きゃーこわーい、やばーい」

ふざけながらバックパックに荷物を入れていく。自分の姿を鏡に映す。うなじより低い位置で結んだ髪の根元を摑んで、揺するようにしながらわざと全体をルーズに崩す。この髪形はボリュームが大事なのだ。ぺったんこは大NG、万死に値する。アイラインは目を伏せて確認。斜めからも、横からも確認。よし、完璧。漆黒で引いたキャットラインは私の顔立ちにすごく似合ってる。ちょっと目尻長めに跳ね上げるだけで、童顔が一気に大人っぽく引き締まる。おっと、リップ。

ポーチを摑んで鏡の前に座り込む私を見ながら、健吾は急に「ああ！」なにかに気づいたみたいに手を打った。おじさんっぽいその動き。職場で覚えてきたんだろうか。

「なに、いきなり」

「マザコンと言えば俺ってことになってるけど、実は邏々も、わりと強烈なマザコンなんだ」

「は⁉」

驚いて、鏡越しに健吾を見返す。

「私は違うよ。むしろパパの方が好きだもん。それってファザコンでしょ？」

「ただの好きって意味とはまた違うから」

リップの色に迷いながら、ちょっと笑ってしまう。

「自分がマザコンだからって、みんなも同じだと思わないでよ。もちろん、ママのことは好きだよ。でもそんなの普通のことだし」

「好きってだけじゃない。完全に信じてるんだろ。『ママ』が言うことは必ず正しい。常に真実だ。邏々は心の底からそう信じていて、そこにはなんの疑いもない。母親のことを、完璧な存在だと思っているわけだ。そういう完璧で強大な存在から、邏々は肯定されたいし、受け入れられたくてたまらない。だからさっきみたいに、ちょっとでも対立が表面化すると、『そうじゃない！』って激しく感情的になるんだよ。邏々のイライラは、母親を強烈に信じていることと表裏一体。わかる？」

「全然わかんなーい」

「わかろうとしてないだろ」

「わかんなくても健吾が変なこと言ってるのはわかるもん。だって、母親のことを信じてる人は、全員マザコンってことになっちゃうわけ？　健吾理論では」

「度合いが強烈な場合はな。邏々は完璧にそう」

「うそ、違うってば。マザコンなのは健吾だけ。そういえばお母さん元気？」

「おかげさまで。あ、今年もにんにく大量に送っていいか観波家に訊いといてって言われてたんだった」

「いるいる！　すっごく楽しみに待ってるって伝えて。うちは全員、にんにく大好きだから。これ贅沢よ～、身体にもいいのよ～、おいしいわ～って、我が家の宇宙人も力説しながら丸揚げでばくばく食べるよ。青森のにんにくは最高ね〜って」

「なんかいいな、その光景。かなり笑える。にんにく爆食宇宙人」

「まあ贅沢だし、身体にいいし、おいしいんだろうね。宇宙人がそう言うんだから本当だよね。私は信じちゃうね」

「だろうな。さすがめちゃくちゃ説得力あるよな」

「技術とか、やっぱその辺は地球のアレとは比べものにならないだろうからね。青森のにんにくは最高なんだろうね」

「……もしかしたら、今夜は真面目に、邏々はちゃんとバイト出た方がよかったのかも」

「ちょっと！」

ムッとして、リップを引く手が止まった。

「なんでそこに話が飛ぶの。そんなことない。私には、健吾と会える時間が最優先なの」

言いながら、あーあ、とまたママにうんざりする。ママがあんなにうるさく言うせいで、せっかく健吾と一緒に過ごせるのに、つまらない罪悪感が空気を濁らせた。こんな空気を変えたくて、勢いをつけて立ち上がる。

「支度できたよ、お待たせ。ああもうおなかぺっこぺこ」

「外で食う？　うちで食う？」

「んー、そうだな。どっちでもいいけど」

健吾がお父さんと暮らしていた大きな家は、売り出してすぐに買い手がついた。お父さんは今は田舎の実家に住んでいて、健吾は就職してからは市内で一人暮らしをしている。

「あ、ラーメン食べたいかも」

「そんなんでいいのかよ。せっかく化粧したのに」

「ほら、前にURL送ったところ覚えてる？　あそこ行ってみたいの」

「あそこか。ちょろっと検索したけど、すげえ人気店らしいよ。並んで待たないと入れないっぽいけど大丈夫？」

「行列……じゃあ、とりあえずダメ元でお店まで行ってみて、もしあんまりにも行列がすごかったらやめる。そのときは健吾のうちでなにか作ってもいいかな。それかテイクアウトとか」

「だな。じゃあまあ、試しに行ってみるか。十九時三十七分……んー、ジャスト夕飯時。混んでんだろうな。トイレは？」

「大丈夫」

「上着着ろよ。長袖のやつ」

「おっと、そうだった」

私がパーカーを羽織るのを確認して、健吾も薄いレザーのライダースに袖を通す。

暑いけど安全のためだと健吾が言うからしょうがない。

つっかえ棒を外し、階段を下りながら健吾の方を振り向いて「しー」と指を立てて見せた。ここからは静かに、の意味だ。

「……出かけるって言ってかないでいいのかよ」

いいのいいの、と、限界まで小さくした声で答える。

「また面倒なこと言われたらたまんないもん」

足音を殺し、こっそりと玄関から出て行こうとしたそのときだった。「邏々？」リビングから、ママの声。「出かけるの？」地獄耳なんだから、本当に。

なにか返事をしようとした健吾の背中を無理矢理押し出して、そのまま外に出る。ママと話したい気分じゃない。どうせ後から延々と、理性的な話し合いとやらをする羽目になるのだ。今はとにかく、健吾といるこのひとときを楽しみたい。

「これじゃなんか俺が礼儀知らずで、お母さんシカトして勝手におまえを連れ出したみたいじゃん」

「ママとは後でちゃんと話すから大丈夫。気にしないでいこいこ。ラーメン、食べられるといいなあ」

すこし呆れた目をして振り向いた健吾は、二つのヘルメットを手に持っている。ピンクのと、黒の。迷うまでもなく、私はピンクの方をとる。こっちが私のだから。私用に買ってもらった、かわいい色。

健吾は自分のヘルメットをかぶってから、急に「なあ」と私を見てきた。

「ん？」

「本当にそっちでいいのか」

「当たり前じゃん。なんでそんなこと訊くの？」

「……もしも、俺が、こっちの黒い方が頑丈なのかもって言ったら、どうする？」

「やだ、なに言ってんの。どうもしないよ。同じメーカーだし硬さは変わらない。違うのはかわいさだけ。私は絶対ピンク」

健吾は「だよな」と言って、でも、そこから動きを止めてしまった。不思議に思って、ヘルメットをかぶった健吾の顔を見上げる。

「どうしたの？」

「……」

　フルフェイスのヘルメットの隙間からは表情がわからない。健吾はなにも答えてくれず、そのままくるっと私に背を向けた。

「健吾？　え、どうしたの？」

「……」

「なにか怒ってるの？　健吾ってば。……え、もしかして、ママとのこと？　私がママによくない態度とったから？」

「……」

「え、ごめん。ていうか……ねえ。ちょっと。いきなりどうしちゃったの。ねえってば、お願い。なにか言ってよ、お願いだから……」

　背中を向けて、なにも言わなくなった健吾は、突然別人に変わってしまったようだった。私はなにか失敗したのだろうか。なにか間違っただろうか。なにか、してはいけないことをしてしまったのだろうか。

「健吾？」

　焦(あせ)って触れた健吾の肩は、震えていた。しゃくりあげるみたいに、繰り返し何度も。静かな夜に、隠しようもなく息が跳ねるのも聞こえる。

「……なんで泣いてるの……？」

やがて、健吾はなにも言わないまま振り返った。私の前で、ゆっくりとヘルメットを外す。青い光がたちまち辺りに広がる。

私は、驚きのあまりに悲鳴も上げられなかった。う、う、うちゅ、と呻きながら、後ずさりで距離を取る。戦慄くように息をして、ようやく、一声叫んだ。

X

「本当にどっちでもいいよ」

「えーと、どうしようかな」

「とにかく俺は急いで仕事片づけるし、そんなには待たせないから」

「じゃあ……健吾の部屋で待ってようかな」

ヘルメットを外した。髪形は乱れちゃったかもしれない。生え際（ぎわ）のあたりを手で何度か強く押さえる。

「うん、それがいいと思う。ごめんな」

「いいよ、しょうがないもん。間抜けっぽいけど、これ持ってバスで部屋に行ってるよ」

「ほんとごめん。すぐ行くから」

「でもまさか、こんな時間までお仕事あるとはね」

「さすがに俺も想定外だわ。もしどうしても腹減っちゃったら、買い置きのカップヌードル食っていいからな。邏々が好きな奴、箱買いしてある」

「わーい、わかった。気をつけてね」

手を上げて、テールランプを光らせながら車線に戻っていく健吾の背中を見送った。ヘルメットを手にぶら下げて、近くのバス停に向かう。運が良くて、二十時十分のバスはすぐに来た。乗り込んで、座席に座る。健吾が行ったのとは違う道を、バスはまっすぐに進んでいく。

私たちは、ラーメン屋にダメ元で向かおうとしていた。でも信号待ちをしているときに、健吾のスマホが鳴った。ちらっと見て、慌てて健吾はバイクを路肩に寄せて停め、電話を折り返した。嫌な予感はしたのだ。

電話は学校からだった。どうしても今すぐに必要なデータがどうのこうの。萩尾先生にしかパスワードがわからなくてどうしたこうした。そんな感じ。「わかりました、じゃあすぐに」と電話を切って、健吾は振り向いた。本当に申し訳なさそうな顔をしていた。そして、これからすぐに勤め先の小学校に戻らないといけなくなった、と。でも時間はかからないから、一緒にこのまま小学校まで行って、用事がすむまで待っているか。それとももうラーメンは諦めて、私だけ先に健吾の部屋に行って待っているか。どっちがいいか訊いてきた。

本当にどっちでもよかったけれど、部屋に行っていることにした。ただなんとなくだ。私は別に怒ってもない。忙しすぎてかわいそうだし、健吾の身体が心配ってだけ。それと、一緒にいられる時間は限られているから、やっぱりちょっと残念。でも待ってるから大丈夫。

バスにしばらく揺られて、健吾の部屋があるマンションのすぐそばのバス停で降りた。まだ健吾からはなんの連絡もない。

合鍵を使って部屋に上がり、着てきた服を脱ぐ。排気ガスを浴びたせいか、ちょっと埃っぽくなってしまった。クロゼットに置いてあるほとんど下着みたいな部屋着に着替える。いつものキャミソールに、ショートパンツ。

引っ越してきた時に張り切って買った四十インチのテレビをつけて、そのましばらく健吾からの連絡を待ち続けた。でもなかなかスマホは鳴らなくて、段々と胃が軽く痛み始めた。おなかがすきすぎるといつもこうなってしまうのだ。

立ち上がって、キッチンの戸棚からカップヌードルを一つ取り出した。これこれ、トムヤムクン味。カロリーは気になるけれど、夜ご飯を控えめにすればいいか。電気ケトルでお湯を沸かして、注いで、三分待つ。その間に、シンクに残されていた洗い物をしておくことにした。健吾は結構しっかり朝ごはんを食べる派だ。でも今朝はバタバタで、後片付けまで済ます余裕はなかったみたい。卵かけご飯を食べた跡のあるお茶碗や、お箸、なにかおかずを出したらしい小皿、味噌汁のお椀。水を張った洗い桶の中に食器が浸されている。一つ一つ丁寧に洗って、水切りカゴに伏せておく。

フォークを探したけれど、見つからなかった。仕方なく、今洗ったばかりのお箸の水気を拭って、カップラーメンと一緒に掴んで部屋に戻る。

さっそく食べようと蓋を開いたそのときだった。

私の目は、つけっぱなしにしてあったテレビに釘付けになった。

X

「本当にどっちでもいいよ」

「えーと、どうしようかな」

「とにかく俺は急いで仕事片づけるし、そんなには待たせないから」

「じゃあ……一緒に学校まで行こうかな」

降りたばかりの後部シートに戻るつもりで、バイクの後方に回り込もうとした。

「それはだめだ」

「は？」

その肩を急に摑まれて、驚いた。健吾を見る。なにか聞き間違えたのだろうか。

「だめだララ。違う方を選べ」

「……なに言ってるの？　どっちでもいいって自分が言ったんじゃん」

「もう二度と、こっちを選ぶな。変えろ。違う方にいくんだ」

「え、意味わかんないんだけど。健吾、大丈夫なの？　もしかして、忙しすぎてストレスたまってる？」

「俺の現実は、変えられないんだよ！」

突然の声の勢いに固まってしまう。なにか怒ってる？　私なにかやらかした？　それともなにか、健吾は誤解しているとか？

「健吾、ちょっと」

「変えたいよ！　でもどうしても、変えられないんだよ！　どうしてもできない！　俺は『ここ』にしか、おまえの世界にしか、存在できない！　なんでだよ!?　なんだよこれ、もう、ああもう、なに……もう、これ、どうなって……っ……」

「ええと……ね？　とりあえず、そうだな、うん。とにかく一緒に学校に向かおうよ。やることやって、それから落ち着いて、話しよう。大丈夫だから」

「それじゃだめなんだ！」

ヘルメットをかぶったまま、健吾は鋭く叫んだ。私の前で身体を折り、膝をつき、その場にうずくまってしまう。大丈夫、大丈夫だよ、と繰り返しながら、私はその背中に手を伸ばした。なにがこんなにも健吾を苦しめているのかわからない。一体どうなっているんだろう。なにが起きてるんだろう。どうすればいいんだろう。病院、カウンセラー、なにかしらプロの助けが健吾には必要なのかもしれない。私にもなにか、できることはあるだろうか。

「……大丈夫だよ。私が絶対に、健吾を助け出すから」

「だから……変えなくちゃ……っ……」

うずくまって泣く健吾の背を、肩を、ヘルメットを、通り過ぎる車のライトが青く照らし出す。私はひたすらその背中をさすり続けた。

だけど、ふと手が止まる。気が付いてしまった。この背中は健吾の背中じゃない。

ヘルメットを外して振り向けば、ここにいるのは——声には出さずに叫んだ。

わかった。

これは夢だ。夢なんだ。

X

「本当にどっちでもいいよ」

「えーと、どうしようかな」

「とにかく俺は急いで仕事片づけるし、そんなには待たせないから」

「じゃあ……一緒に学校まで行こうかな」

降りたばかりの後部シートに戻るつもりで、バイクの後方に回り込もうとした。

「それはだめだ」

「は？」

その肩を急に掴まれて、驚いた。健吾を見る。なにか聞き間違えたのだろうか。

「だめだララ。違う方を選べ」

「……なに言ってるの？　どっちでもいいって自分が言ったんじゃん」

「だめなんだ！」

突然の鋭い声に、心臓が跳ねた。「な、なに……？」

「もう二度と、絶対に、こっちを選んじゃいけない！　いいから変えろ！　おまえは違う方にいくんだ！　俺とは違う道を行け！」

「え、意味わかんないんだけど。健吾、大丈夫なの？　もしかして、忙しすぎてストレスたまってる？」

「……なら、もういい。おまえが変えないなら、俺が変えてやる——」

フルフェイスのヘルメットの隙間からじゃ表情がわからない。まるでその中身が突然別人になってしまったみたいに、健吾の言うことは意味不明だった。

「今度こそ、今度こそ、俺が変えてやる！　何度だってやってやる！」

健吾はいきなり自分だけバイクに跨り、私を置き去りにしてエンジンをかける。

「は⁉　うそでしょ、ちょっと待ってよ！　健吾！」

本当にそのまま走り出してしまった。「……まじで……⁉」呆然と、私は一人、路肩に残された。まじだ。置いて行かれた。遠ざかる背中を見つめることしかできない。

まじか。

怒りよりも、このわけのわからなさ。不安の方が断然大きい。健吾は大丈夫なんだろうか。あんな態度の健吾、今まで一度も見たことがない。忙しすぎて、本当にメンタルにきてしまったのかもしれない。

とりあえず、ヘルメットを外した。髪形は乱れちゃったかもしれない。生え際のあたりを手で何度か強く押さえる。

電話をかけてみようとして、でもやっぱりやめた。健吾がどういう状況にあるにせよ、今は落ち着くまで待っていた方がいいような気がする。部屋で待っていれば、きっとそのうち戻ってきてくれるはず。

ヘルメットを手にぶら下げて、近くのバス停に向かう。運が良くて、二十時十分のバスはすぐに来た。乗り込んで、座席に座る。健吾が行ったのとは違う道を、バスはまっすぐに進んでいく。

ストレス、なんだろう。きっとそうだ。だってあれだけ毎日忙しいのだ。ストレスがたまらない方がおかしい。置き去りにされても、私は健吾のことを怒ったりできない。ただただ、心配でたまらない。身体（からだ）は大丈夫だろうか。かわいそうだった。気持ちが落ち着いたら、とにかく部屋に戻ってきてほしい。私は待ってるから大丈夫。

バスにしばらく揺られて、健吾の部屋があるマンションのすぐそばのバス停で降りた。まだ健吾からはなんの連絡もない。

合鍵を使って部屋に上がり、着てきた服を脱ぐ。排気ガスを浴びたせいか、ちょっと埃っぽくなってしまった。クロゼットに置いてあるほとんど下着みたいな部屋着に着替える。いつものキャミソールに、ショートパンツ。

引っ越してきた時に張り切って買った四十インチのテレビをつけて、そのましばらく健吾からの連絡を待ち続けた。でもなかなかスマホは鳴らなくて、段々と胃が軽く痛み始めた。おなかがすきすぎるといつもこうなってしまうのだ。

そんな場合じゃないけど、仕方ない。立ち上がって、キッチンの戸棚を覗く。カップヌードルがたくさん買い置きしてあった。一つを取り出す。私が今はまっている、トムヤムクン味だった。胃痛を治めるためにはおなかになにか入れるしかない。とにかく、健吾が無事に戻ってきてくれるかどうか。そのことだけが気がかりだった。

電気ケトルでお湯を沸かして、注いで、三分待つ。その間に、シンクに残されていた洗い物をしておくことにした。健吾は結構しっかり朝ごはんを食べる派だ。でも今朝はバタバタで、後片付けまで済ます余裕はなかったみたい。卵かけご飯を食べた跡のあるお茶碗や、お箸、なにかおかずを出したらしい小皿、味噌汁のお椀。水を張った洗い桶の中に食器が浸されている。一つ一つ丁寧に洗って、水切りカゴに伏せておく。

フォークを探したけれど、見つからなかった。仕方なく、今洗ったばかりのお箸の水気を拭って、カップラーメンと一緒に摑んで部屋に戻る。

さっそく食べようと蓋を開いたそのときだった。

私の目は、つけっぱなしにしてあったテレビに釘付けになった。

X

高校一年の春、赤い電車の前から二両目。

車窓から眺(なが)めていた住宅街の桜は、もうとっくに終わってしまった。見下ろす町のあちこちに、今は明るい緑の小山がこんもりとしている。新しい葉の色合いはまだ優しくて柔らかい。茹(ゆ)でればおいしく食べられそうに思えてくる。なんかこう、ブロッコリーみたいで。

私は毎日この電車に乗ってる。

学校に行く時も、家に帰る時も、決まった時間の同じ車両の同じ位置のドア横スペースを、いつも狙(ねら)って乗るようにしてる。

そうするようになってから、もう一か月以上が過ぎた。

この位置がいいのだ。たとえ座席が空いていても、私は座らない。ここにこうして立っているのが好きだった。

学校の最寄り駅から乗り込んだ帰り道、二つ目の駅で電車が止まる。ドアが開く。降りる人が降りて、乗る人が乗る。

あの三人組も、乗ってくる。

（きた……って、え？　あれあれ？　うそ!?　うわー!?）

頭の中で叫ぶ。

（髪が、青い……！）

ドアが閉まって、電車は再び走り出し、私は壊れた柱時計。胸の中の心臓は早鐘（はやがね）。火事、祭り、暴れ馬。耳も鼻もおでこも熱い。顔全部、火の玉。

話し声はすぐ近くから聞こえてくる。「……そしたら、もーちゃんがいんのよ」「は？　ねえよそれは」「盛ってんな、また」「いやまじだから！」

顔を向けることなんか絶対にできなくて、こっそりといつもの横目。この位置からなら彼が見える。

そのときだった。

彼が急にこっちを見た。目が合う。慌てて目を逸（そ）らす。でも、

「ララ」

彼は私の名前を呼んだ。そんな気がした。いや、でも違う。だってそんなわけがない。なにかの間違いに決まっている。彼が私の名前なんか知っているはずがないんだから。

そう思うのに、彼はこっちにどんどん歩み寄ってくる。近づいてくる。頭が真っ白

になる。

「え、え、ちょ……は⁉　は⁉　は⁉　うそ、なにそれ、意味わかんな……」

「……ララ……！」

突然、抱きしめられた。「きゃー！」叫びながらバッグを取り落とす。ていうか、この人、もしかして、いやもう絶対に、

「宇宙人だ！」

とにかく逃げなきゃと思うが、

「……会いたいよ……！」

宇宙人の腕の中で身体は動かない。宇宙人は私を強く抱きしめたままで泣いている。こどもみたいに声を上げて、私の耳元を涙で濡らす。

「俺はララに会いたい……ララに会いたいよ！　何度でも、何度でも、俺はララにまた会いたいよ！　……もういい、もう、いい、もうこれで、このままこれでいい、俺はもう……ララと一緒にいられるなら俺はもういい……！」

これは夢だ。夢なんだ。

だって私は知ってる。

現実はもちろん、こんなふうにはならなかった。こうじゃなくて——

X

＊＊＊

——すっごく長い時間だったよね。

何度も何度も、無限にも思えるぐらい何度も、私たちは同じところに戻ってきた。そしてまた出発して、また同じところに戻ってきた。時々は違う展開（そうあれ、Qのこと）もあったけれど、最後には必ず、またXに戻ってきた。

テレビで宇宙人を見て、ビームが撃たれて、世界が破壊し尽くされるQ。

宇宙人が血だまりの中に倒れている私を見つけ、別の時へと連れて行くX。

みんな、本当にお疲れさま。ここまでずっと一緒にいてくれて、そしてここまで来てくれて、どうもありがとう。

実は、今のが最後のXだったんだ。

信じていい。これで終わり。ここから先で新しい展開が始まる。新しいっていうのは、みんなにとって、だけど。

私はもちろん見たことがある。どうなるかも知ってる。だってぜんぶ見てたから。すべてを通り過ぎたから、私は今、『ここ』にいる。

さあみんな、Xの先へ進むよ。

4

「え、え、待ってよ！　行くってどこに？　あの時ってどの時？」

「……もういい」

「はあ⁉」

「やめた。どこにも行かない」

ついさっきまでコボちゃんを描けだの、おまえは鳥山だのと迫ってきていた宇宙人は、掴んでいた私の肩から急に手を離した。青く光るマスクの顔を、ほとんど呆然と見上げてしまう。なんなんだろう、この急展開は。

「私を、なんか、めちゃくちゃ翻弄（ほんろう）してくるよね……⁉」

こうしている間にも顔に垂れてくる脳みそは、まるで運動した後の汗のよう。手の甲でさらっと拭（ぬぐ）ってみても、もちろん全然爽（さわ）やかじゃない。今の自分の姿なんか、絶対想像したくない。

宇宙人はあっさりとしたものだった。

「もういいんだ。違う選択肢を選ぶときが来た」

「もういいって、そんな唐突に方向転換されても……話が全然見えないままどんどん進んでいくし……ていうか、漫画の話はいつ終わったの？」

「今終わった。本当にもういいから、どこか行こう」

「やっぱ行くんじゃん！」

「そうじゃなくて。それとは全然ちがう話。ララ、さっき言ったよな？　バイクに二ケツして遊びに行きたいって。そういうのに憧れてたって」

「あー、それは……えへ……」

いきなり猛烈に照れてくる。冷たいままの頬を両手で押さえ、かわいこぶって左右に首を傾げる。どばっ、どばっ、また頭の中身が辺りに飛び散る。でもいい。もういい。こんなのいちいち気にしてられない。

「そう……二人っきりで、世界のなにもかもを置き去りにして、私、あなたとどこまでも行きたい、とか、思ったりして……やだなんかこれ、ヤンキーっぽい思考だよね？　わかってる。でもそういうのにどうしても憧れちゃう自分がやっぱりいて、それは否定しきれないっていうか……」

「いいよ」

宇宙人は私を見つめ、頷いてくれた。マスクの下で、きっと微笑んでくれてもいる。

「どこまでも連れて行くよ。ララが行きたいところ、どこにでも。宇宙の果てまで二人でぶっ飛んで行こう」

「……ほんとに……？」

「あれで」

宇宙人が指さす方向を見た。

そこには、ついさっきまで、死んだバイクが倒れたままになっていたはず。地味なシルバーの、ぐしゃっと半分潰れたＣＢ４００。

それなのに、

「うそ⁉」

信じられないことが起きた。大きな声で叫んでしまう。

そこには今、見たことがないほど鮮やかな虹色の輝きを放つ、流線型の美しいバイクが自立しているのだ。タイヤはすこし宙に浮いている。塗装がこれなら相当キてるセンスだけど、でもこれは塗った色じゃない。なめらかな表面が自然に輝きを発している。なにより一番眩しいのは、トクン、トクン、と火の色で脈打ちながら、透けた内部を光らせているタンク。私たちを乗せて走り出すのを待ってる。その周囲には、遊離して漂う光の粒が、ゆらゆらと闇の中で渦巻いてる。

まともな言葉なんて出てこなくて、うそ、うそ、と夢中で呟きながら、私はもう目を離すことができない。夜の闇の中で瞬くバイクは、こんなに素敵な乗り物は、今まで夢にも見たことがない。私のどんな想像をも超えてる。これに乗ったら、きっと本当にどこまででも行ける。宇宙人と私は、宇宙の果てまでぶっ飛んで行ける。レコードみたいに巡る永遠の銀河の渦巻きに、この手で触れることもできるかも。私の指を針にして、その時、どんな音楽が流れ出すんだろう。とにかくきっと最高だ。私たちをいつまでも踊らせて、なにもかもを忘れさせて、この夜にはもう終わりなんかこない。

「行こう、ララ」

宇宙人は立ち上がり、バイクの方へ歩いていく。振り返って私の方に手を伸ばし、急かすみたいに顎をしゃくる。でも、

「ま、待って……」

私ももちろんついていきたいけど、その手を掴みたいけど、でも無理なのだ。

「私はもう歩けないよ、だってこんなふうになっちゃって……うわー！」

おなかのあたりを触っただけで、ずるっと長い紐状の内臓がこぼれてきてしまう。どうにかしなきゃと押し込んでも戻せない。ならばいっそ、と摑んで引き出してみて、すぐ後悔する。どんどん出てくるし。めっちゃ長いし。

「えーん、これって腸だよね⁉　どうしよう、太めのベルトは流行ってるけど、さすがに腸は着こなせない！　こうして、こうして……リボン結びにしてもやっぱだめじゃーん！　だってもう見るからに腸だもん、隠せない内臓の色合いだもん！　ていうかみっちり詰まったこの中身ってつまり……ひー！」

「落ち着け、ララ」

「ていうかていうか、うわ、なんか漏れて……あー！　……終わった……！　あなたと一緒に行きたいけど、こんなんじゃもう絶対だめだよ、最初から無理すぎた。私はやっぱりここでこのまま一人ぼっちで――」

「絶対に、そんなことはさせない。大丈夫だから。俺が、」

落ち着き払って宇宙人は、自分の顔を軽く指さす。知ってる、あなたは宇宙人。

「この俺が、そう言うんだ。ララは俺を信じてるだろ？　大丈夫だ」

「……大丈夫……なの？　本当に？」

「本当に大丈夫だ。だから立って。歩いてみろ。俺はララと一緒に行きたい。ララがいなくちゃ意味がない」

宇宙人の言葉は、私にはすべて真実だった。宇宙人は正しい。宇宙人は嘘をつかない。つまりそれは真実だ、と信じられる。

——私は大丈夫なんだ。

身体を起こそうとした時、宇宙人が私の胸の真ん中を見たのに気が付いた。指差してくる。なんだろうと目を下に向けた、その時だった。これまでずっと忘れていた感覚が、胸の真ん中に蘇る。「……あ！」握り拳ぐらいの塊が、胸の中で熱を発し始めている。トクン、トクン、と脈打つ光が、やがて胸を透かして眩しく溢れ出す。

「うそ……！」

宇宙人を見た。頷いてくれた。私を見てる。きっと笑ってる。

「本当だよ。それが、今のララだ」

「……すごい！　すごいすごい、すごーい！」

鮮やかな炎の色で光る、私の胸はバイクと同じ。今、ここには光が宿っている。燃料なんていらなくて、自ら強く脈打って、ポンプが熱を送り出してる。冷え切った全身に一気にぬくもりが行き渡って、じんじんと痺れるみたいに熱くなっていく。両手を広げて見て、さらにテンションが上がる。思いっきり息を吸って、パーティの最高潮みたいに「きゃ――――！」夜空に叫ぶ。叫べたことに笑ってしまう。光るエネルギーが血管を流れていくのが見えるのだ。金色、銀色、肌の下を光が巡り、流れていくたび、私の全身も強く輝く。

立てる！

勢いをつけて、身体を伸ばした。そのままくるんと回転すると、光のベールが一瞬遅れて肌にふんわりとまとわりつく。薄いチュールを幾重(いくえ)にも重ねたミニスカートは下向きに伏せた花のようで、どこもかしこもふわふわのひらひら。揺れるたびにきらきらと、光を振り撒いたみたいに輝きを放つ。かきあげた髪は虹の七色。風が吹いて、今まで沈殿したみたいに静まり返っていたこの世界の空気の層が動き出す。長い髪がひるがえって、極彩色(ごくさいしき)のきらめきが眩しく散る。睫毛(まつげ)も、瞳(ひとみ)も、爪(つめ)も、唇も、私のすべては煌(きら)めく虹の輝きを帯びてこの夜に今、瞬いてる。脈打ってる。

ハイヒールのミュールで踏み出す爪先(つまさき)は、軽々と宙に浮いた。一歩、二歩、そこから先は蝶(ちょう)のように跳ぶ。もうなんの重さも、どんな力も、私には関係ない。

「……連れて行って！　うんと遠く、どこまでも！」

差し伸べられた手を摑む。引き寄せられて、

「俺とララは、ずっと一緒だ」

宇宙人に抱き締められた。そのまま二人して、くるくるとロマンチックな映画のワンシーンみたいに回る。長い別れの後に、やっと出会えた恋人同士みたいに。輝く虹色の粒子が辺りに舞って、私たちを闇に照らし出す。

「そうだ、ヘルメットはどうするの？　私のピンクのは壊れちゃったよ。黒いのはまだ使えるんだよね？」

「いいんだ、どっちも。ヘルメットなんてもういらない」

重みを失った私を抱き締めたまま、宇宙人は草むらをゆっくりとバイクの方へと歩いていく。バイクの後部座席に乗せてくれて、ちょっと振り向いて私を見る。「長い間、待たせてごめん」

頷いて、私は笑った。嬉しくて幸せでたまらない。

「いいの。とっくにわかってたから。絶対に、私を迎えに来てくれるはずだって」

エンジンがかかって、バイクは走り出す。

目も眩むような速度で夜空へ向けて、私たちはまるで花火のように打ち上げられた。さっきの言葉通り、本当にぶっ飛んで行く。宇宙人は嘘をつかない。

「……最高……！」

歓声を上げ、胴体に腕を回し、宇宙人の背中に思いっきり顔をくっつける。こうしているのが私は好きだった。ろくに話もできないけれど、でもこうやっていると、本当に二人っきりで世界から抜け出せたような気持ちになれた。飛ぶように後ろへ流れていく景色を目の端で見送って、私たちだけが違う速度で進む世界を生きているみたいに思えた。私にはそんな時間がなによりも大事だった。毎日毎日、一緒にいられる時間は限られていて、いつもなにかに追い立てられて、しなきゃいけないことがたくさんあって、離れた距離や残された時間が気になってばかりで——でも今は。

「ずっとこのまま、二人でいたい！　永遠にこうしてたい！」

願いは叶った。

私たちは風を切り、雲を抜けた。空の境を突き破る。この星を離れ、地上に繋ぎ止めるすべてを振り切り、どこまでも高く、遠く、飛んでいく。間近に迫る銀河の煌めきに目をパチパチさせながら、抱き締めた身体からは決して手を離さない。もう二度と、絶対に離れない。私たちを乗せてバイクは走り続ける。黒い夜の帳にキラキラと輝く尾を引いて、まっすぐに天頂を目指して昇っていく。宇宙のさらなる向こう側を目指して。

辿りついたら、私たちはきっとすぐに溶け合ってしまうだろう。そして永遠に同じ宇宙を漂って、いつまでもいつまでも無限の時の流れの中を巡り続けるのだ。

宇宙人は振り返り、そして、マスクに手をかけた。

うざったそうにそれを外す。微笑んで、私を見やる。

そのままマスクを投げ捨てようとする。

私は驚いて、「え？」思わずそれを片手で摑み、止めていた。

「マスク、外したらだめだよ！」

「いいんだよ。もういらない。もういいんだ」

「でも！」

——あれ？

その後に続いた言葉を、自分でも驚きながら聞いた。「息ができなくなっちゃうよ！」と、私は言った。

なにそれ、と思ったのは一瞬のこと。宇宙を飛ぶスピードの気持ち良さに、そんな一瞬もどこかに置き去りにしてしまいそうになる。だめだ。必死に違和感のしっぽを捕まえる。頭の中で考える。考えなくちゃ。なんで宇宙人はマスクを外したらだめなの？　なんで、息ができなくなっちゃうの？

ここでは彼は息ができないって、どうして私は思っているの？

一緒にいるのに、なんで「だめ」なの？

「本当に大丈夫なんだ。俺は邐々と一緒にいる。そう決めたから、もういいんだ」

優しく笑う、彼の唇。大好きな彼の顔。マスクを押し付けようとする私の手を避ける、彼の静かな目。

「……だめだよ……」

静かな、青い光。止まった呼吸の音。

「大丈夫だって。これでいい。俺が言うんだから本当だ」

私たちの後ろにまっすぐに伸びる、輝くバイクの軌跡を振り返って見た。引かれたきらきらのライン。光る糸。

「だめ……それは、だめだってば」

「だめじゃない」

「……だめなの！　息を、してよ！　息をしてってば！　こんなのやめて！」

私たちは、二人で一緒に行こうとしている。この糸を辿って、先へ進んでいこうとしている。

でも気が付いてしまった。ていうか、やっと、思い出し始めていた。

（これ――私の糸じゃない！）

私の糸は、もっとぐしゃぐしゃになっていた。めちゃくちゃに絡（から）まって、解（と）けない大きな結び目になっていた。どこから来てどこへ向かっていたのかも、どこから始まってどこで終わってしまったのかも、そして終わりの端に辿り着いた瞬間のことも、私はすっかり忘れてしまっていた。ぜんぶ、はっきりと、見てきたのに。

思い出しながら背を反らし、宇宙人から身を離す。

つまりこの人は、この宇宙人は――終わってしまった私の糸の最後の端に、まだ長く続く自分の糸を無理矢理に縒り合せ、不自然に繋いだ？

本当は違う方へ伸びていく糸のはずだったのに、こうして継がれて、二人は一緒に永遠の果てを目指そうとしている？

「……そうだよね⁉　そうでしょ⁉　そうなんだ！」

「なにが？」

「私の糸を、ぐしゃぐしゃにしたのは……」

「俺はなにも知らない」

ああ、と目を閉じる。また開ける。危ないところだった。気が付けてよかった。このまま一緒に行っちゃいけない。

「こんなの、絶対だめだから！　こんなことさせない！　私がさせない！　絶対にさせない！」

「急になに言ってんだよ。ここまできて」

「お願いだから、息をして！　頑張って！　息をしてよ！」

「もう戻れない」

「戻れる！　あなたは、まだ戻れる！」

「戻りたくない」

「だめ！　戻らなきゃいけないの！」

マスクを押し付けようとしながら、思いっきり叫ぶ。

「だから、息してよ！　息して！　お願い……！」

振り返って私の手を拒んだまま、宇宙人は青く光り続けている。もうなにも言ってはくれない。

訊（たず）ねなくてはいけないと思った。

「……ここで、」

ここで、あなたは。

「息が、できるの……!?」

宇宙人の答えは知っている。答えはもう出てる。やりとりの最後には結局、終わりに辿り着く。一旦（いったん）発してしまえば、後はどういうルートを辿っても行きつくところは変わらない。これはそういう意味の言葉だった。

「できるよ」

正しい答えは、できない、だ。あなたと私は違う。今はもう、全然違う。別々の世界にいなきゃいけない。私に息ができているなら、あなたは息ができない。そうじゃないとだめ。つまりあなたは、

「――うそつき！」

彼の身体を押しのけてハンドルに手を伸ばし、無理やりに摑む。めちゃくちゃに左右に引っ張り、バイクを揺らす。体重を思いっきり傾けると彼は声を上げた。

「なにしてんだよ！　やめろ！」

「うそつきってことは、あなたは宇宙人じゃない！　私が信じるもののふりをして、これが正しいって思わせようとしたんだ！　ビームにも撃たれてないんでしょ⁉　だってあれは、あのとき世界の終わりを教えに来たのは、あの宇宙人は――」

「よせ！　落ちる！」

構わず力いっぱい、彼の身体を突き飛ばした。「邏々！」離れてしまった左手を、彼は私の方に伸ばした。でも間に合わなくて、手が、指が、宙を虚しく掻く。バイクはまっさかさまになり、私も彼もバイクと一緒に一塊の光になって、矢のように墜落

していく。

どこに落ちるのかはもう知っていた。ここだよ！　と呼ぶ声もちゃんと聞こえてる。そこへ落ちて、すべてを破壊して、消し去って、そして私たちは違うところで目を覚ますのだ。Xではない、本物の続きの現実で。離れ離れになって。

「——あれは私だもん！　宇宙人は私！　健吾は人間！」

で、さよなら、って。

この後は、もちろんそうなる。

そうなるんだけど。


ごめん、みんな。ここでもう一回、結び目の話をしてもいい？　……だめ？　お願い。できるだけ短く切り上げるから。これをわかってもらえないと、ここから後のことも、ここより前のことも、ちゃんと納得できないと思うから（もしどうしてもだめなら、この先の※マークまで飛ばして）。

というわけで、結び目の話。

私の糸の結び目は、ぐるぐると指に巻きつけてから一端を引っ張って作った結び目にちょっと似ている。あれの巨大な、もっと複雑な、失敗バージョン。

ある点で、過去と未来が一つの時間として結ばれて、そこからいくつものループが発生してしまった。だからあんなに何度も同じところで目が覚めて、何度も同じところに戻ってくる羽目になった。

それもこれも、すべてはうそつき偽宇宙人のせい。その人のことは当然みんな、よーく知っているよね。

萩尾健吾。私の最初で最後の恋人。

私は健吾とラーメンを食べに行こうとしていた。混んでるかもね、って言いながら。ダメ元で。それも知っているよね。

地味なシルバーのＣＢ４００で、私たちは夜の道を走っていた。だけど健吾に電話がかかってきて、途中で停まった。その電話がどういう内容だったかも、みんなはもちろん知っているよね。

あのときの私は、実際には、一緒に学校へ向かうことを選んだ。そして二人で走っていたその途中、二十時三十六分に、あることが起きた。

あることの部分を、今はＰとしておくね。もうすこし後で、私が見たことをちゃんと説明するから。

とにかくＰが起きて、私と健吾は別々の世界に分かれていくことになった。

私の糸は、そこで終わりだった。私は短すぎた糸の最後に到達してしまった。

そして、到達したところから、私は未来を見たのだ。

（健吾が、私を探しに来てしまう……）

本当に見えた。

そのビジョンを、くっきりと、確かに私はこの目で見た。

離れ離れになって、私は雨を降らせてしまう。健吾は私を探しに来る。どうやってでも、世界の境界を踏み越えてでも、私の世界にやってくる。糸が終わった私の世界は、もう流れる時間の概念の外にあって、すべてが静止している。なにもかもがぴたりと止まって、過ぎていくものもない。あとは自分が自分だっていうことを忘れて、永遠に膨張を続ける物理の中で相対的に収縮し、崩壊して、消滅するだけのはず。それが「自然」だから。あらゆるすべての生物は、みんな当たり前にそうなっていくようにできているから。

なのに健吾は、時間をもう一度動かそうとする。私の世界に侵入し、すべてを忘れようとしていた私を揺り起こし、記憶の中の過去の時点までぐるぐると巻き戻し、介入して変化を起こし、そこからまた結末の違う新しい世界……Pの起きない世界を始めようとする。そうしようと試みた回数分、私の糸は終わりの端より手前から、いくつも分岐していくことになる。

そうやって、健吾は私の糸をめちゃくちゃにして、絡んで解けない複雑な結び目にする。

宇宙人のふりをするのは、それなら私がその試みに従うと思いつくから。私にとっては正しさの象徴で、絶対的に信じているもの。それはママ。つまり、宇宙人。私がこのまま終わりでいいなんて思わないように、健吾は私のマザコンを利用するのだ。

でも健吾が何度試しても、私は違う方を選べない。いつでも同じ方を選んでしまって、結局その先の出来事は変わらない。どうしてもPを避けることができない。無数に枝分かれする分岐は、結局その先で、同じところを通って、元の点へ戻っていく。同じところにまた結ばれていく。何度試しても、同じところからやり直すことしかできない。

だけど健吾は諦めない。何十回、何百回、何千何万何億回、無限にも思えるほどの回数をやり直して、ついに一つの分岐した枝にだけ、小さな変化が発生する。その変化は、やがて実際に起きたのとは違う出来事に至る。

その分岐っていうのは、私が二十時十分のバスに乗ること。

そうすればPで私が受けた致命傷を、健吾が受けることになる。一人待っていた健吾の部屋で、私のスマホが鳴る。その電話は、健吾のお父さんからだ。「大変なんだよ、邏々ちゃん」そういう一言で始まる。まるで笑っているかのように、その声は聞こえる。

「どうしよう、どうしたらいい、誰に連絡したらいいかな。わからないんだ。大変なんだよ。健吾は助からないんだって」

——ここまでのビジョンを、私は見た。すべての未来を予知したのだ。

大きな変化が起きている時、ヒトは、小さな変化にはなかなか気づけない。

そう。人間はね。

健吾はこれからとても長い時間をかけて、無数の試行を繰り返すことになる。それは大きな変化だ。だからその中で起きるたった一つの小さな変化が、その先の世界をどんなふうに新しくしていくことになるのか、なかなか気づけなくても仕方ない。

でも私は気づいた。ていうか、見たからわかった。

そして当然、そんなの認められない。その分岐の先の世界は絶対に壊さなければいけない。それを現実になんてできるわけがない。健吾がまだ気付かないうちに、先回りしてその可能性を消さなくちゃいけない。これだけは絶対に、どんなことをしてでも、消滅させなくちゃいけない。

健吾の部屋で一人で待っている『私』に、そこは本当の世界ではなくて、過去に戻って分岐した別の世界であることをわからせるのだ。つまり、ただの夢だ、と。目を覚まして、と。

でもそんなの、どうやれば信用させられる？

私が言うことが正しくて、真実で、私は未来を予知できて、遠い空の向こうから部屋で待っているあなたの前に現れたなんて――あ。

あ、あ、あ！

（宇宙人！）

未来の健吾と結局同じ考えに至ってしまいながら、でもそれでうまくいくと確信した。

部屋で待っている『私』も私だ。宇宙人が語りかけたことならすべて信じる。立ち上がり、歩き出す。私は宇宙人になる。ならなくちゃいけない。ていうか、すでになっているのかも。とっくにそうだったのかも。

ここは私の世界だから、私がなろうと思えば、なんにでもなれる。私がやろうと思えば、なんでもやれる。

宇宙人になって、私は健吾の部屋のテレビに映るのだ。『私』の目に、この私がどういう姿に認識されているかはわからない。でも私を見れば、『私』にも宇宙人だってわかるはず。ここにいる私は、本当に宇宙人なんだから。違う世界にいる『私』は、これを見て、宇宙人がテレビに映っているって認識するはず。

「……これを見ている地球の人類、みんな。お待たせ」

この声も、届いているはず。

「どうか落ち着いて聞いてほしい。世界には、終わりが近づいている。私たち宇宙人は未来を予知する技術をもっているからわかる」

この世界では、健吾がもうすぐいなくなってしまう。それが世界の終わり。この分岐は、健吾の世界が終わる結末へ向かって進んでいる。

「うそじゃない。この世界は、もうすぐ終わろうとしている」

テレビの前に座っている『私』に向けて、私は必死に語り掛けた。こんな終わりはあっちゃいけない。こんな分岐は、本当の世界じゃない。あなたが生きていると思っている世界は、ただの夢でしかない。目を覚まして。そして思い出して。あなたが存在しているということは、つまりPは既に起きたということでしょ。あれが起きなければ、健吾は私を探しに来なかった。世界の分岐も起きなかった。分岐してるってことは、あれは起きたの。あそこを、すでに、通ってきたの。ビジョンも見た。すべてをもう見てきた。体験したはずの現実を、あのPのことを思い出して。あの時私はなにを見た？　なにを聞いた？　なにを思ったんだっけ？　なんて叫んだ？

「どうか、人類には、これからくるこの世界の終わりを回避してもらいたい。そのために私はここまでやって来た。とにかく落ち着いて、すべて本当だから信じて。回避する方法は、本当にちゃんと存在してる。このまま進んではいけない。ちゃんと見て。そして思い出して。そう、これは夢なん——」

そのとき、雲の向こうから落ちてこようとしているものがなんなのか。

私は宇宙人だから、もちろん予知できた。

なにが私の上に矢のようにまっすぐ落ちてきて、この世界を破壊し、『私』の時間をあの結び目へ——やがてXと呼ぶことになる、あの目覚めの瞬間へと繋ぐのか。

わかってる。

上を向いて、叫んだ。

「ここだよ！」

（ここに落ちて来て。この夢を壊して。この夢を消し去って。目を覚まして……）

真っ白な光の中で、もう声にはならない。すべてが一瞬で炸裂（さくれつ）した。自分で確かに自分だと思えていた身体が、身体の形をした概念が、衝撃でズタズタに刻まれ、なくなっていく。

この世界も、『現実』の宇宙人に終わりを予知され、『現実』のビームに刺し貫かれて、ただの『夢』として消えていく。

（……これから5秒数えたら、目が覚めるから。いくよ、5秒前。4。3。）

すべてを失いながら、私は自分が目覚めるのを待った。『私』は血だまりの中に倒れている。ここから長い旅が始まるのだ。ぜんぶビジョンで見たからすでに知っている。これから私は『私』のつづきになり、『私』はまた私のつづきになる。未来にあるはずだった点は、いつしか過去に通り過ぎた点になる。そうしながら健吾とまた何度も出会い、また何度も恋をし、また何度も喧嘩（けんか）して、また何度も何度も何度も、無限にも近い時間を繰り返し生き直す。健吾のせいで、結び目はもうめちゃくちゃ、どうしようもない。

でも、信じてくれる？

私は、それが嬉しい。本当に嬉しかったんだよ。だって一緒にいられたもの。

（聴こえてる？　そこにいるよね？　大丈夫。目を開いて……）

2。――深呼吸。そしてXの最初へ。

もちろんもう戻らなくていい。あれで最後、って言ったのは、本当のことだから。

私は正しいし、嘘をつかない。ただ、ここに至るまでにはそういうことがあったんだよって、みんなに語りたかっただけ。

で、さよなら。

※はここにある。

この先はまた少し時間を戻って、Ｐから始めようか。みんな、ちゃんと覚えてる？　私がＰと呼ぶのは、二人で走ったあの夜の、二十時三十六分に起きたこと。そしてＰの次が、このさよならの続きになる。

＊＊＊

腕時計をちらっと見ると、二十時三十六分だった。こんな時間にまで仕事をしなきゃいけないなんて、本当に忙しい仕事なんだ。小学生だった頃は、先生の忙しさや疲労度になんてまったく気が付かなかった。新しいことを次々に覚えるのに夢中で、月日は飛ぶように過ぎていった。健吾はあんな飛ぶような月日の只中に、大人になって戻っていったのだ。

聳えるコンクリの壁を右手に見ながら、バイクは職場の小学校へ向かって走り続けている。固められた山の斜面を巻くように、ゆるいカーブに入る。私もバイクの傾きに合わせ、うまく体重を移動させる。進行方向をしっかり見ていれば自然にそうなると、健吾に教えられたとおりに。

小学校についてからどれだけ待たされるかわからないけれど、遅くなればその分ラーメン屋の混雑はマシになるかもしれない。あれ、待って。むしろ混むのかも？

（どうだろう……まあ作っても全然いいんだけどね。ていうか食材あるのかな。買い物するならスーパー寄らないと）

料理をすることになった場合を頭の中でシミュレーションしてみる。健吾に「おっ、こいつやるじゃん！」って思われたいから見栄えは当然大事。で、ボリュームもあって、それでいて野菜がとれるみたいなメニュー。かつ、まだ作ったことがないやつ。なにがいいかな。

その時、対向車線から近づいてきていた車のヘッドライトが、突然ぶつぶつと途切れたように見えた。途切れながらフラフラと左右に揺れる。思いっきり曲がって、見えなくなる。

なんだろう、と思ったのと同時に、後ろからいきなり突き飛ばされた。首がしなるほど前につんのめり、健吾の背中に思いっきり押し付けられる。ものすごい力で、挟まれた胸とおなかが潰される。なにが起きたのかわからない。ブレーキ音？　すごい音がして、その音の中で私と健吾は重なったまま前に押され、その反動でまた後ろに跳ね戻った。前のタイヤが左右に踊る。斜め前から車のヘッドライトが迫ってきて、衝突して、真横に弾(はじ)かれる。

私は手を離してしまった。

すべての音が止(や)んで、私の叫び声もどこかに吸い込まれた。

健吾は宙に投げ出されながら、身体(からだ)を捩(よ)じって、私を見た。私に手を伸ばす。すべてが気持ちが悪いぐらいにゆっくりと進んでいく。でも健吾の手は全然遠くて、触れられもしなくて、私たちはそのまま離れ離れになる。身体を捩じった体勢のまま、健吾は斜め前に弧を描いて飛んでいく。

私はバイクと一緒に倒れ、何度も頭を打ち付け、その衝撃で視界が刻まれるように弾んだ。健吾はまだ宙にいる。手足が泳ぐみたいに大きく動いている。私はバイクに足を挟まれたまま、横倒しになって道路を滑り続けている。空からはどんどん黒い、大きな塊が落ちてきて、私の上にも降り注ぐ。でも何も聞こえないし、やがて見ることもできなくなって、目を閉じているのかどうかさえ自分ではわからなくなった。

なにも感じない。

どれだけそうしていたのかもわからない。

「……やだ……」

その声は、私の声だと思った。

「ちょっと、やだやだやだ……うそ、こんなのうそでしょ……」

なにも聞こえない私の耳に、私の声が聞こえる。なにも見えない私の目に、私が見ているものが見える。なにも感じない私の心を、私が感じている恐怖が震わせる。

健吾が、仰向け（あおむ）けに倒れているのだ。でもその上には土や泥、夜の闇、色々な黒いものが覆（おお）いかぶさって、まだ誰も健吾がそこにいることに気づいていない。

フルフェイスのヘルメットの中で、健吾はなにも音を発していない。静かに沈黙している。土砂に埋もれた胸が動くこともない。

「やだ！　ねえ！　誰か！」

必死に叫ぶけれど、この声が誰かに届くのかはわからない。道路にはたくさんの車がめちゃくちゃな向きで停まっている。衝突し、ガードレールに突っ込み、潰れているのもある。鳴りっぱなしのクラクションが夜の空気を震わせている。たくさんの人がいて、眩しいほどのライトに照らされている。道路を覆う、崩れた山の斜面と剥がれ落ちたコンクリートの塊。私たちの上に降り注いだたくさんの石や岩。薙ぎ倒された木々。

その下に、まだ健吾がいる。

「誰かお願い！　早く助けに行ってよ！　そこにいたの！　誰でもいいから見つけて！　早く助けないと死んじゃう！　きっと怪我してる！　誰か！　手当して！　お願いだから、急いで！」

叫びながら泣いている私の声が夜空に響く。

「早く助けてあげて！　私は行けない！」

私はもうなにもできない。

　最初に背中を突き飛ばされた時、もうあの瞬間には、すべてが終わっていたのだ。崩れた斜面から転がり落ちてきた岩石は、私を後ろから押し潰し、ヘルメットを砕いて、頭の後ろ半分を抉(えぐ)り取った。

　健吾。

「ねえ！　誰か！　……だめ！　このまま死んじゃだめ！　頑張って！」

　土砂が掻き出され、健吾の身体が照らし出された。たくさんの人が駆け寄って来て、健吾の身体に機材を繋ぐ。ストレッチャーがすぐ脇(わき)まで運ばれてきて、健吾の身体が移される。

　まだ胸は動かない。

「息をして！」

　誰にも聞こえない声で泣きながら、なにもできない私の身体は、袋の中に納められた。ジッパーが上げられる。これは夢じゃなくて、私の糸はもう終わっている。

　すべてが止まった時間の中に、焼けついてしまった残像みたいに、倒れたバイクと割れたヘルメット、そのそばで血を流して倒れている私が遺されている。

　目は開いていた。

未来のビジョンの爆発が始まった。

＊＊＊

ひとりぼっちで目が覚めて、身体を起こした。

両手を見て、自分を見下ろして、（あーあ……だよね）諦めるしかない。あんなに眩く輝いていた私の身体は、ただの透明の「無」になってしまっていた。私はもうここにはいなくて、身体も存在していない。そりゃそうだ。

あのキラキラの宇宙から墜落して、私はかつてケモノ偏のポーズで倒れていた場所に戻ってきていた。鮮やかに脈打っていたバイクもない。崩落事故の現場は封鎖され、重機がいくつも稼働している。現実は黒と茶色。味気ない。テープをすり抜けて、私は道を歩き出した。

とぼとぼと誰にも見えないまま、歩いて健吾を探しに行く。ストレッチャーに載せられ、救急車で運ばれていった病院へ向かう。

エントランスをすり抜けて、ロビーをうろついても、健吾がどこの階にいるか教えてくれる人がいるわけもない。私はもう、誰にも見えない。階段を上がり、廊下を曲がり、いくつものドアを通り、健吾を探し回る。

やがて、見つけることができた。

その機械だらけの部屋には、驚くほどたくさんの人がいて、健吾の周りを取り巻いていた。怒鳴り合うようなテンションで声をかけながら、忙しなく器具を取り換え、広げた傷に触れている。

仰向けの健吾の上には、薄いブルーの布がテントのように張られていた。お腹の部分が穴になっていて、みんなそこに手を入れていた。

どうしても顔が見たくて、私は布の下に潜り込んだ。

手術のための強いライトが布を透かし、健吾は青く光っていた。

目を閉じて、汚れた顔に酸素マスクをつけ、チューブでタンクに繋がれて、懸命に呼吸をしている。

健吾は今、私との長い旅を終え、ここに帰ってきているのだ。「私が愛する者の形」をして、息をしている。

何度も何度も出会えて、私は本当に嬉しかった。何億万年の夢を、私は健吾と旅することができた。嬉しかったし、幸せだった。でも、そのままではいられなかった。どうしても終わらせなくてはいけなかった。健吾を助けたかったから。……わかってもらえるかな？　まだ怒ってる？　お願い、怒らないで。大好きなんだ。

手を伸ばしても触れられなくて、私はゆっくりと身体を伏せ、青く光る健吾と重なり合う。

重なり合ったところから、すこしずつ自分が溶けていく。ここからが自分、と自分で思える境界線が、なくなっていく。

健吾もこうやって私の中に侵入してきたのだろうか？　身体から抜け出して、私に触れ、自分を失くして、私を探しに来てくれたのだろうか？

優しかった指をまだ覚えている。健吾は私の頬に触れ、髪をかきあげてくれた。でもあんな優しさも、私はもうすぐ忘れてしまう。自然はそういうものだから。

その代わりに、私はもう時間の流れを気にする必要がなかった。すべてを忘れてしまう前に、健吾の中に溶けて消えていきながら、次にこの目を開く時と場所を決めた。

私は未来のすべてをもう知っている。

夏が終わって、あなたは一人暮らしをしている部屋に帰ってくる。

その部屋に、私のママとパパは何度も訪ねてくる。ママは一人でも来る。ママは私をまだ探していて、あなたの中に残っている私の痕跡を必死に辿ろうとしている。パパはママを守るために心を強く保っているけれど、ママはパパのようには強くいられない。ママは、ママの糸の最後の最後まで、私を探し続ける。もっともっと時間が過ぎて、最後に辿り着いて、流れが止まった時、ママはやっと私を見つける。そして私たちは、大好きなパパを一緒に待つ。

あなたを愛する人は、これからもたくさん現れる。

その中からたった一人、一緒に未来へ歩んで行ける人を、あなたはちゃんと見つける。

結ばれて、家族になって、齢(とし)を重ねて、杖(つえ)をつくようになっても、離れずに傍にいる。波の音を聴きながら、二人で坂道をゆっくりと上がっていく。

ロングスカートの裾(すそ)を翻(ひるがえ)す風に、雨のにおいがかすかにして、あなたは空を見る。雲の向こうから宇宙人のララと落ちてきた時のことを思い出す。とても長い夢を、ララと一緒に見たことも。何度も繰り返したその話を、傍らにいる人は、ちゃんと聴いていてくれる。すごく幸せなの。あなたは愛する人と、幸せでいる。あなたは大丈夫なんだ。本当に。嘘じゃない。

私はそれを、もう知っているんだよ。ずっと前から知っていたの。だからその雨は、あなたの幸せが嬉しくて降る喜びの雨。そういうにおい。

でもまだあなたにとっては未来の話なんだよね。

今のあなたは、夏の終わりにいる。邏々はもうどこにもいない。退院して、一人暮らししていた部屋に帰ってきたところ。

テレビをつけると、宇宙人が映っていた。

どこかから、中継の放送が始まっていた。

そしてあなたは『ここ』で、こうして私が話すのを、ずっと聞いていてくれた。

長い話になっちゃってごめん。もう終わるから。改めて、どうもありがとう。落ち着きがないっていつも言われてたよね。ほんとにそうだった。私の話はあちこちに飛んで、わかりにくかったよね。

ていうか私、おかえり、って言おうと思ってたのに、すっかり忘れて夢中で喋ってたかも。でもだからってやり直しはしないから安心して。ここまで話は進んできたんだもん。だから今、唐突に言うね。手を振って、みんなに届くように大きな声で。

「おかえり！」

たくさんのあなたが、同じ今日、同じ時間、同じ部屋の同じドアを同じタイミングで開き、同じポーズで座って、同じ『ここ』にいる。テレビの中で喋る私の声を聞いてくれている。

そうだよ。みんな。

繰り返すたびに産まれた何十、何百、何千何万何億の、無数のあなたが――みんなが、今、同じところに帰って来てる。みんな、ちゃんと、『ここ』に帰って来てる。

同じ顔をして、同じ涙を流して、同じ宇宙人の名前を呼んでる。同じ声を上げてる。これでよかったんだ。みんながここにいることが、私は嬉しくてたまらない。だからこんなに笑ってる。

みんなの未来は、あなたの未来は、まだまだこの先も続いていく。

「宇宙人がテレビに映っているなんて、これは夢だと思ってる？　実は、ほんとに夢なんだ。でも目が覚めても、健吾の世界は終わってない。そこからは今日の続きになる。部屋に戻ってきた今日の、私がいない今の、その先。明日の朝が始まる。でも大丈夫。私が言うんだから本当だよ。健吾は大丈夫だし、世界は終わらない。じゃあ、これから5秒数えたら、目が覚めるから。いくよ、5秒前。4。3。聴こえてる？　そこにいるよね？　大丈夫。目を開いて……2」

——深呼吸。

この作品は平成三十年十月新潮社より刊行された。

竹宮ゆゆこ著

知らない映画のサントラを聴く

錦戸枇杷。23歳（かわいそうな人）。そんな私に訪れたコレは、果たして恋か、贖罪か。無職女×コスプレ男子の圧倒的恋愛小説。

竹宮ゆゆこ著

砕け散るところを見せてあげる

高校三年生の冬、俺は蔵本玻璃に出会った。恋愛。殺人。そして、あの日……。小説の新たな煌めきを示す、記念碑的傑作。

竹宮ゆゆこ著

おまえのすべてが燃え上がる

樺島信濃（かばしましなの）は逃げていた。生活から。人生から。だがある日、弟が元恋人とやってきて……。愛とは。家族とは。切なさ極まる恋愛小説。

河野裕著

さよならの言い方なんて知らない。

あなたは架見崎の住民になる権利を得ました。一通の奇妙な手紙から始まる、死と隣り合わせの青春劇。「架見崎」シリーズ、開幕。

河野裕著

さよならの言い方なんて知らない。2

架見崎。誰も知らない街。高校二年生の香屋歩は、そこでかつての親友と再会するが……。死と涙と隣り合わせの青春劇、第2弾。

河野裕著

さよならの言い方なんて知らない。3

月生亘輝。架見崎の最強。彼に対し二大勢力が行動を起こす。戦火の中、香屋歩が下す決断は……。死と隣り合わせの青春劇、第3弾。

津村記久子著

とにかくうちに帰ります

うちに帰りたい。切ないぐらいに、恋をするように。豪雨による帰宅困難者の心模様を描く表題作ほか、日々の共感にあふれた全六編。

津村記久子著

この世にたやすい仕事はない

芸術選奨新人賞受賞

前職で燃え尽きたわたしが見た、心震わすニッチでマニアックな仕事たち。すべての働く人の今を励ます、笑えて泣けるお仕事小説。

本谷有希子著

生きてるだけで、愛。

25歳の寧子は鬱で無職。だが突如現れた同棲相手の元恋人に強引に自立を迫られ……。怒濤の展開で、新世代の〝愛〟を描く物語。

最果タヒ著

グッドモーニング

中原中也賞受賞

見たことのない景色。知らなかった感情。新しい自分がここから始まる。女性として最年少で中原中也賞に輝いた、鮮烈なる第一詩集。

最果タヒ著

空が分裂する

かわいい。死。切なさ。愛。中原中也賞詩人と萩尾望都ら二十一名の漫画家・イラストレーターが奏でる、至福のイラスト詩集。

朝井リョウ・飛鳥井千砂
越谷オサム・坂木司
徳永圭・似鳥鶏
三上延・吉川トリコ著

この部屋で君と

腐れ縁の恋人同士、傷心の青年と幼い少女、妖怪と僕!?（ふたりぐらし） さまざまなシチュエーションで何かが起きるひとつ屋根の下アンソロジー。

宮部みゆき著

魔術はささやく

日本推理サスペンス大賞受賞

それぞれ無関係に見えた三つの死。さらに魔の手は四人めに伸びていた。しかし知らず知らず事件の真相に迫っていく少年がいた。

宮部みゆき著

火車

山本周五郎賞受賞

休職中の刑事、本間は遠縁の男性に頼まれ、失踪した婚約者の行方を捜すことに。だが女性の意外な正体が次第に明らかとなり……。

宮部みゆき著

初ものがたり

鰹、白魚、柿、桜……。江戸の四季を彩る「初もの」がらみの謎また謎。さあ事件だ、われらが茂七親分——。連作時代ミステリー。

宮部みゆき著

淋しい狩人

東京下町にある古書店、田辺書店を舞台に繰り広げられる様々な事件。店主のイワさんと孫の稔が謎を解いていく。連作短編集。

宮部みゆき著

英雄の書

（上・下）

中学生の兄が同級生を刺して失踪。妹の友理子は、〝英雄〟に取り憑かれ罪を犯した兄を救うため、勇気を奮って大冒険の旅へと出た。

宮部みゆき著

ソロモンの偽証

—第I部 事件—（上・下）

クリスマス未明に転落死したひとりの中学生。彼の死は、自殺か、殺人か——。作家生活25年の集大成、現代ミステリーの最高峰。

デザイン　新潮社装幀室

あなたはここで、息(いき)ができるの？

新潮文庫　た－111－4

令和二年五月一日発行

著者　竹宮(たけみや)ゆゆこ

発行者　佐藤隆信

発行所　株式会社新潮社

郵便番号　一六二―八七一一
東京都新宿区矢来町七一
電話　編集部(〇三)三二六六―五四四〇
　　　読者係(〇三)三二六六―五一一一
https://www.shinchosha.co.jp

価格はカバーに表示してあります。

印刷・錦明印刷株式会社　製本・錦明印刷株式会社

ISBN978-4-10-180188-9 C0193